国家出版基金项目
NATIONAL PUBLICATION FOUNDATION

里是新疆丛书

潮落浩歌

李贵友 ◎ 著

新疆文化出版社

图书在版编目(CIP)数据

潮落浩歌 / 李贵友著. —乌鲁木齐：新疆文化出版社, 2024.6
(这里是新疆丛书)
ISBN 978-7-5694-4323-3

Ⅰ.①潮… Ⅱ.①李… Ⅲ.①散文集—中国—当代
Ⅳ.①I267

中国国家版本馆CIP数据核字(2024)第014775号

潮落浩歌
CHAO LUO HAO GE

著　者 / 李贵友

出 品 人	沈 岩	责任印制	刘伟煜
策　划	王 族　王 荣	装帧设计	李瑞芳
责任编辑	王 荣	版式制作	田军辉

出版发行　新疆文化出版社有限责任公司
地　　址　乌鲁木齐市沙依巴克区克拉玛依西街1100号(邮编：830091)
印　　刷　永清县晔盛亚胶印有限公司
开　　本　787 mm×1 092 mm　1/16
印　　张　15
字　　数　185千字
版　　次　2024年6月第1版
印　　次　2025年1月第2次印刷
书　　号　ISBN 978-7-5694-4323-3
定　　价　46.00元

序

这本书写给新疆，和在新疆生活得如同当地老乡一般自由自在的我。

我和新疆的缘分从1980年开始，那年我17岁，想要改变命运，第一次乘着绿皮火车渐渐进入一个我从未见过的世界，我的人生也从此开始广阔。至今我仍然清晰记得，当车窗外出现浩瀚的戈壁、广袤的沙漠和巍巍的雪山时，我激动地举着手大声吼叫，仿佛看到手中《天山景物记》中的描写变成了现实。我感觉到，这片土地一定能滋养我的心灵。

那时的我，对新疆是"初见乍惊欢"的喜欢；四十多年过去，我对这片土地是"久处亦怦然"的热爱。

我常想，年过"知天命"以后，要过怎样的生活？以什么样的方式诠释"热爱"？我的人生从冀中到喀什，再到阿图什、乌鲁木齐，人生几经转场，生命的意义不仅仅是建功立业、诗和远方，也是爹娘妻女、柴米油盐。

无论是回望童年故乡的田园，还是欣赏远方异乡的风景，走进原野和山间，看天边流动的云，听耳畔吹过的风，坐在毡房、土木屋、蒙古包里歇脚喝奶茶，我对新疆的一草一木、一把沙枣、一只乌鸦，还是各民族的老乡都充满感情，喜欢站在自家小区院里和各族邻居打招呼拉家常。新疆博大、开放、包容和富有凝聚力，像是一条宽广的奔流不息的长河，哺育着我成长。新疆史料和新疆文学赋予我的小说、散文创作丰富的内容和地域气息。

我想，一个人对脚下土地的态度和面向未来的意识，决定了一个人的人生姿态和生活品质。

我的这本书《潮落浩歌》取自宋代陆游的词句"潮生理棹，潮平系缆，潮落浩歌归去"意喻每段生活经历都会让人留下深刻记忆，感悟和认知到诸多人生意义和道理。

人生至此潮落浩歌归去的时刻，谨以此书献给我热爱的新疆！

目 录

第一辑

沽沽自喜的情趣

扫码查看

☑ 活动瞬间
☑ 滑雪课程
☑ 喀什掠影
☑ 系列好书

跳　起　来

　　傍晚,我想今天天气这么热,还能不能跳麦西来甫?手机音乐铃声响了:"跳起来,快乐在脚下,快乐在脸上,我要尽情地跳。"《大家跳起来》是我为微信麦西来甫(维吾尔族舞蹈名)群设定的专用铃声。我喜欢它曲调的欢快、悠扬,为此我偷偷地为它重写了一段歌词,并请朋友米丽老师唱了一个"独享"版。先不说歌词通不通顺,达不达意,仅从为跳舞去写东西,为舞友求人这一点来说,足以证明我偏爱麦西来甫。

　　屏幕弹出一个"向快乐出发"的图标,是莲籽发出的活动令。自从群主娜娜准备参加"专业舞蹈"比赛后,召集人兼领舞就暂由莲籽担任。所谓"专业舞蹈",是指小区"舞者"(大妈)穿统一服装,跳集体舞蹈,参加街道、社区的一些欢庆活动,偶尔也有小饭馆、洗脚房开业请她们跳舞的那种。虽说莲籽落选专业队也曾情绪低落,但是麦西来甫能抚慰人心,加上身上有"拎音响"的担子,没过几天跳的热情就回来了。见到指令,我坐不住了,把一块奶疙瘩放入嘴里含着,一口一口咽下融化的酸奶,换上长款T恤、紧腰裤、运动鞋,回复"OK"。

今天,早来的是三位女士。莲籽已经在跟卓娅跳,玲在旁边踏节奏。我见状向玲伸了伸手,又将手扶在胸前做出邀请状。她举起手臂,轻移脚步回应,我们一起跳了起来。之后,芳子、沙漠独狼、雪莲、老古董等舞友接连而至,双双下场。麦西来甫舞蹈简单、丰富、成熟,没有区别性,没有门槛。我的体会,关键是跳,也只有跳。跳,几乎是它的全部过程与内容。一人可以独舞,双人舞是标配,一群人则能灵活组合。男女跳,女引男随。男与男、女与女也可以共同起舞,角色多元。它不同于交际舞的端庄、优雅,也不同于集体舞的统一、规范,只倡导跳舞的人(舞者)活泼开朗,轻快灵巧,自由自在。充分利用身体、手臂、脚步,甚至面部表情进行表现。比如:挑眉目,眨眼睛,动脖子,拍巴掌,跺脚跟等。另外,昂首、挺胸、立腰也是麦西来甫舞蹈的常用动作。既可以姿态优美舒展,也可以全然不顾地滑稽、呆萌,把轻松、风趣、陶醉融化于夜色之中。

能歌善舞是新疆人的标签之一。按说麦西来甫跳一跳并不奇怪,但是现实并不如想象。你到了天山南北就会明白,跳麦西来甫、跳民族舞的人并没有那么多,"跳"的活动也没有那么普遍。这种表象与现实的矛盾性往往令人费解。据我观察,原因不外乎有二:一是,只把它作为聚集性活动时逗趣的助兴剂,不认为它是民间、民族的传统艺术;二是,心中有架子,无论再怎么欣赏、向往,一旦要在大庭广众之前抛头露面,要与三教九流同场竞技,则心中不情愿,面子磨不开。退一步讲,心里紧绷着劲,身体注定紧绷、僵硬,跳也跳不出感觉和味道。当下,越来越庆幸生活在新疆各族人民中间,庆幸自己在麦西来甫的环境下,中年以后仍然能够一次任性,又一次任性。

太阳落下去了,余晖将天空的云层映成了橘黄色,同时涂染了小区的楼房、白杨树和人们的脸庞。虽然温度仍然较高,但是丝毫不减人们跳舞的热情。"跳起来,如果你想快乐,那就快乐吧!跳起来,如果你想疯狂,那就疯狂吧!将烦恼抛诸脑后,让眼睛放出光芒。随风而起,随乐而动,让我们尽情地跳。跳起来,跳起来,大家跳起来。嗨,嗨,搅动美丽的风景,旋转欢乐的时光。"

这是一个又一个温和的黄昏,一个又一个使人灵与肉两方面都觉得舒适的傍晚,连那吹过来的微风,带有暑热的空气,甚至道路上行驶的汽车灯光,都是享受和情趣。

补记:说到麦西来甫,许多人以为它只是新疆舞的一种。其实,这两种称谓都不算准确。麦西来甫是聚会,舞蹈是麦西来甫的一项内容。新疆舞通常是外省市人对新疆集体舞、广场舞的统称。新疆舞的内容、范畴较为广泛,绝不是哪一种歌舞表现形式能代表的。当然,把问题弄复杂没有一点意思,新疆人聚会、聚餐总是要跳舞的,说它是跳麦西来甫,是跳新疆舞,人人都明白,一点问题也没有。当然,这里说的只是我的麦西来甫。

煮一杯咖啡慢慢喝

早晨应该是一天中最美好的时光。今天,天气阴天间多云。在一层薄云笼罩下,太阳周围呈现出鱼白色的轮廓,云层稀薄处有阳光散射出来,但透出来的光并不刺眼睛。往日,此刻的我已经在上班的路上,现在"放了长假",不用赶时间,不再顾虑东东西西,虽说太阳已经照在窗棂上,但我仍可以气定神闲地消磨早晨,甚至可以挥霍一整天的时光。煮咖啡自然成了宅人的标配。

拧开摩卡杯,发现上次用后没有及时清洗,咖啡渣已经阴干。前几天忙着陪同青岛、晋中和保定三地来的朋友,生活节奏有些紊乱。嗅一下,没有异常味道,却也担心霉菌滋生,赶紧清洗、煮沸。诸如此类,俺家"领导"经常揶揄:"乡下人!"其说有两层意思,一是乡下人还弄这洋玩意儿，整个一个土包子开洋荤；二是不讲究卫生，邋遢的坏习惯不见好转。侥幸，一早"领导"出去了，没有看到这一幕。

咖啡豆选的是海南的豆子，轻焙炭烧。经蒸馏会较好地保留小豆咖啡的香醇、淡酸和浅苦。摩卡杯煮咖啡，缺点是温度高，影响原品的口感；优点是少了摆弄咖啡机、烧瓶、热烫杯子等麻烦程序。简单操作就可以端上一杯香醇的咖啡，这适合我的行为方式。

咖啡豆是朝晖带来的，他还带来了一具砗磲工艺品。他在琼海工作，有一年去那里出差，他曾带我去了砗磲加工的集中地——潭门。

走过一片又一片的椰林和菠萝地之后，到了一个偏僻的村庄。一个有三四亩地大小的院子，层层叠叠堆积着砗磲，如同来到一个废弃的矿山。偌大规模，如此堆放，让我十分惊讶！原来我一直认为砗磲是一种海底矿物，如同玉石、玛瑙石等，一看才知道，它是一种类似蚌螺的大贝壳，是一种珍稀古海洋生物化石。因为过度开采，当下已近枯竭。不用想也能知道，探索它们遗存下来的成因，一定能够获取远古海洋大量的信息，是十分珍稀珍贵的。不应该疯狂捞取，让它们失去大海的家园。想想，把一个个完整的"大贝壳"，切割雕琢成一串串手链，一个个摆件，与暴殄天物何异？

我最早接触咖啡是在1985年，是赵枫秋将我带入了"歧途"。

1985年7月，我毕业分配到喀什的一个农场，赵枫秋是我的领导。一个从太原铁路走出来的领导。不抽烟、不喝酒，每天喝咖啡，听音乐，偶尔画油画，颇有一些与众不同。第一次见面，他就提出请我喝咖啡。酒精灯、烧瓶煮咖啡让我印象深刻。

那是在英吉沙县苏盖提农场，一个偏远的乡下。不通公共交通，没有电、自来水。距离县级公路三十公里，距离最近的一个村庄八公里，还相隔一条河。说人烟稀少不够准确，有我们一干子人；说与世隔绝也不对，春季枯水期和冬天结冰后，当地农民会过河兜售莫合烟、杏干、核桃等东西。除此，农场总部每半个月给我们送一次给养。一辆老解放牌汽车拉来大米、清油、柴油等物资，捎来信件、报纸和诸如牙膏洗衣粉之类的日用品。偶尔带来放映员，放一场露天电影。大家进出农场办事，也依靠这辆老爷车。一年多时间，我只出去过一次，到了县城，一天办事，两天往返。

天亮干活，日落收工。用坎土曼修田埂，施马、羊粪改良土壤，以两人抬杠方式拉犁播种。夏秋季起早贪黑割麦子，收玉米，摘棉花。周末休息一天，生活略微丰富一些，可以在院子里打"沙滩"篮球；下河里洗澡，摸鱼，天黑后摇柴油发电机发电放录像。一周只此一次。偶尔偷一把青黄豆烧煮，在田间扒几个生甜瓜，解馋且一乐。那时，苦乐与率真，日子过得很慢很慢，慢得忘记了什么是性别，什么是苦难，什么是前程。

多少年以后，许多事情忘记了，但对农场时的一切仍记忆犹新。至今，再没有吃过那种酸甜可口的杏干，再没有喝过像老赵所煮的那种香醇的咖啡。

前几天，老赵从和田来了。下午，我陪他喝茶吃饭。问他当年的咖啡是什么品种，那么好喝。他笑着说："那个年代能有什么，海南咖啡。用酒精灯烧杯煮，火候弱，蒸馏与回流时间长，味道就出来了！"又说，"好喝，是因为你没有喝过。"我俩都笑了。问他现在是不是还喝咖啡，画油画，他岔开了话题。人终究敌不过时间，改变是必然的。这种变化也许是成长，也许是适应环境。我没有追问。

自1992年分开后，他一直待在和田，我天山南北颠簸，关系有所变化，也不经常联络，但见面仍然有聊不完的话题。正如大家所讲，山河故人。

现在我用天然气炉煮咖啡，火拧到小火，慢慢地烧煮。海南咖啡遇上新疆手艺，不可能出佳品，但我已经醉心其中。

养鸽子的邻居

——谨以此文纪念邻居肉孜·买买提

一

肉孜·买买提是一位中年汉子,喜好鸽子,善养鸽子。他家是与我岳父母家一起搬进县供销社家属楼的,同住在一个楼道内。当年平房改造时,几个单位共同集资盖了两栋住宅楼,前后坐落,供销社、棉麻公司和农资公司三个单位近百户人家入住。我到这里来看望老人,或是节假日小住一两天,与这里多数人不熟悉,没有来往,最早认识的就是肉孜·买买提,起因是他养鸽子。经常见他在院子里提着鸽子笼走来走去,也见他在房顶上遛(放飞)鸽子。

肉孜·买买提,肉孜是本名,买买提是他的父名,也可以理解为姓。肉孜·买买提是县供销社的一名锅炉工，兼做一些勤杂事务。城里实施集中供暖后，他每天的主业就是打扫院子卫生，或是坐在大门口值一下班。县供销社办公楼与家属楼在同一个院子里，相隔只有几步路，这样的工作、这样的环境让他有了许多属于自己的时间与空间，能够按照兴趣做一些养鸽子一类的事儿。

鸽子是许多人的少年时期的小伙伴。我小时候家里也曾经养过鸽子，是父亲喜欢养。虽然养的时间不长，数量不多，也没有名贵品种，但它还是给我留下了深刻的印象。

鸽子一身漂亮的羽毛，"呢喃"的声音，天生一副闲庭信步的姿态，见到它们会从心底滋生出亲切感，总想抓到手里摸一摸。鸽子具有高于一般鸟类的灵性，具有本能的爱巢欲、归巢性强的天然属性，让人联想到对"家"的依恋与执着。

每次与肉孜·买买提见面，问候"你好"，他回应"你好"后，我站在一旁看，他就自顾自地摆弄那些小家伙。不熟悉他的人很容易被他的外表唬住，认为他年龄很大，长相难看，不容易给人留下好印象。当初我就是这样的看法。

他脸形扁平略长，留有本地中年男人固有的满脸短胡须，才三十七八岁，脸上却布满皱纹，黝黑粗糙，我猜想这可能与他过去与煤打交道有关。灰白的头发，自来弯卷，一绺一绺从帽檐下露出来，那一顶老式黑布帽仿佛不是戴在头上，而是扣在一蓬乱草上。身高一米七左右，可能是人偏瘦，加上站立和走路又习惯性弓着腰，低着头，不但不显身高，还有几分老态。唯有那双黑亮的眼睛，还有他与鸽子共处时的神采，告诉人们那外貌与年龄并不相符。那一副佝偻、衰弱的身躯中，揣着一颗充满活力、像鸽子一样灵动的心。

一天，我站在街道树荫下等人，远远见他背着双手，肩膀一晃一晃地走了过来。可能是迎面的阳光比较强烈，或是他只顾埋头走路，显然没有注意到路边有人。当他从我面前走过时，我看到那斜背着的双手中竟然握着一羽鸽子。鸽子在他那一双粗糙的手指间不时地扭转脖子，眼睛一闪一闪地眨动着，显得十分乖巧、温顺。知道他喜爱鸽子，但是一个中年男人走路也握着鸽子，多少让我感到有些不解。再后来，看到他从衣兜、帽子里掏出鸽子来，也就不以为怪了。

之后，几次见他站在楼道门口，抽着烟，不时用脚踢一下放在地上的柳条筐，应该是在等家里人下楼。筐子上面罩着用线绳编织的网，里面放有五六对鸽子，几只不安分的把头从网眼伸出来，"咕咕"地叫。我一时兴起，顺手掀开网角捉了一只雏鸽出来。那小东西在我手里十分惊骇，一反常态，又是喙啄又是肢蹬，我几乎握不住它，不敢用劲，又不敢松开它，手足无措地惊慌，逗得肉孜·买买提哈哈大笑。于是，他掐灭手上的烟头接过鸽子，一手拢住鸽子翅膀，一手轻缓地梳理鸽子羽毛，几下子那小家伙就安静了。接着，他把那只雏鸽凑近自己脸边喂了一点东西。虽然是用手给鸽子喂食物，但是他却努着嘴，与雏鸽一起发出"咂咂、咕咕"的声音，犹如在护理一个婴儿。这算是给我上了一课。从此我再不敢吹嘘养过鸽子什么什么的。那也是我第一次听到他响亮的笑声，后来再也没有过，尽管他常常笑。

二

他的鸽舍就建在县供销社车库的房顶上，正对着我岳父母家所住二楼的窗户，站在阳台上可以清楚地看到房顶上肉孜·买买提与他所养鸽子的一切。

鸽舍北向是一面土块砌筑的墙，其他三面和顶棚都是用杨树枝干一根一根排列而成。这一空中楼阁所占面积有十几平方米，两米多高，巧妙地利用了车库窄长的特点，形成了小角度视觉，在楼下不注意是看不见的，可谓独具匠心。

每当窗外响起鸽子"咕咕"的鸣叫声，听到它们"嘭嘭"扇动翅膀，或"啪啪"踩踏干枯枝叶，就等于告诉我，肉孜·买买提已登上了房顶。一样的声音，一样的情形，十分熟悉。观察多了，知道饲养鸽子远不止撒一些粮食、放一盆水那么简单，也进一步让我了解了肉孜·买买提性情中的另一面。

他一手端着鸽食盆，一手扶着长木梯子，慢慢地从车库后面往上爬。因为一直勾着头，用手护着鸽食，几乎每次都是肩膀先显露出来。看到这一幕，起初我还感到好笑，像什么？像不像雨果笔下那个敲钟的扎西莫多？不，自己马上否定。还为如此不恰当的联想而内疚：一个是被逼迫而成为习惯，另一个则是兴趣使然。两者相似之处是形体，其他没有类比性。

肉孜·买买提登上房顶后，第一步，打开木栅栏门，放出鸽子，让其在楼顶上盘旋，然后他清扫鸽舍里的杂草、羽毛和鸽粪，倒掉残剩的鸽食、水，再添上新鲜的东西。第二步，点燃一支香烟，斜身倚靠着鸽楼，看着鸽群啄食。鸽子吃饱后闲庭信步，一只只白鸽灰鸽布满屋顶。有的大摇大摆地踱步，有的相互追逐，不时跃起腾落，低鸣嘶叫。毛疏绒纤的雏鸽更让人关注，多数时间它们是晃晃悠悠地玩耍，从木条中间勉强地爬出来，钻进去。一见到人显然会受到惊吓，或慌忙钻进鸽楼，或趴在地上歪着脑袋"啾啾"尖叫，让人忍俊不禁。鸽子撒欢一阵后，肉孜·买买提开始进行第三个步骤，一会儿蹲下，一会儿站起来，手脚并用把鸽子往一块儿拢，嘴也不消停，"呜呜"地吹着鸽哨。鸽子一阵阵聚拢过来，又被他赶开轰散，一会儿再召集过来。后来我才知道这些做法，是在锻炼鸽子的反应能力，为下一步放飞鸽子热身。他嘴角一直挂着笑，一双小眼睛明亮明亮的，身手敏捷,宛如农民下到田地里对一株株秧苗的摆弄,更像节庆夜幕中人们欢愉的舞蹈。

喂过、练过鸽子后,肉孜·买买提便拿起一根顶端系着红布条的长竿,晃几晃,把鸽子赶放到天空中。

天上的鸽子飞成一个群盘,围绕着鸽楼,或者围绕着肉孜·买买提绕圈飞翔。一两只尾羽戴着鸽哨的鸽子飞在前面,不间断地发出动听的哨鸣声。肉孜·买买提随着鸽群变换身体角度,不时地晃竿,嘴里也吹出"呜呜"的鸽哨声,引导或控制着鸽子飞高飞低。此时的他扬起了头,动作是那么的自然而柔和,不再迟钝,不像是遛鸽子,而像是在指挥一个交响乐团。他的手随着流畅的音乐自然而然地挥动着,脚不由自主地踏着节奏,任由霞光映照在脸上,额头上泛起一抹金色的光亮。再看,鸽子已经高高地飞向了蓝天,一双双翅膀顺风时滑翔,逆流时抖动,形成了一朵朵美丽的云彩。飞过一圈又一圈,鸽哨一声又一声,单纯清正的声音从空中传向四方。

三

从一个人的细微之处,可以捕捉到人性里的大智慧。我觉得这是万物相通又关联的自然定律。我对肉孜·买买提有好印象,与他养鸽子是一方面,与他待人的态度也有关系。

他与人相遇时总是先打招呼,和气地说:"你好。"说这两个字时,他眼睛注视着你,嘴角上翘,露出一排整齐的牙齿。笑容中饱含着主动、恳切,让人体察到扑面而来的真诚。起初,我笑着回答:"你好!"一次,我见他又提着鸽子站在门口就问:"准备出去吗? 你的鸽子越来越多了。"他微笑着点头,应答:"你好!"又这一句? 令我吃了一惊。回头一想,我们交流好长时间了，真的只是"你好"来，"你好"去。感觉彼此十分熟悉，也仿佛说过许多事，可是语言只有两个字。为什么这样？我心里一度有一点沮丧。

后来听岳父介绍，他生长在离县城比较远的一个乡村，那里没有普通话交流的环境，进城工作后与人交流最初仅限于"你好"这一句，好在单位许多人都能讲一口流利的维吾尔语。说来惭愧，家里除了我一个"哑巴"外，岳父母自不必说，就连我的爱人说起维吾尔语来，嘴皮子也是溜溜的，经常让维吾尔族同志听得目瞪口呆。知道这些，我心里释然了。再见面时我就抢着说："你好！"他边说你好，边开心地笑。

一次，我要参加外事经贸活动，对方是吉尔吉斯斯坦人，但是我一句吉尔吉斯语、俄罗斯语也不会，既担心又犯难。爱人提醒说，你可以借鉴肉孜·买买提的办法呀！一听，感觉有道理，决定靠一句"哈拉稍"（俄语"您好"）上阵。活动中，我主动说"哈拉稍"，感觉一下就拉近了与对方的距离。加上有翻译的帮助，商洽事务十分顺利。这件事一直让我引以为豪！

一句简单的话语，可以表达出许多内心深处的东西，这是我得到的一个重要启示。有语言能力可以顺畅交流固然好，一旦没有语言本领，学会一两句问候的话，真诚地向对方表达，也能够传递出"亲近、友好"的本意。

一只只鸽子经过肉孜·买买提的手，都会散发出一种生机勃勃的活力与气息，而我也在他的潜移默化中，被赋予了莫名的"智慧"。

四

任何一个硬币都会有它的两个面，凡事不在于物，唯有人与心念的造化。邻居肉孜·买买提不是圣人，也一定会遇到摆弄鸽子以外的问题。话还要从鸽子说起。

肉孜·买买提的爱人个头不高,模样长得白皙俊俏,看上去要小他十几岁。她是在肉孜·买买提进供销社工作多年以后,才跟来的,没有工作,就在供销社大门口摆了个冰柜,卖冷饮、冰棒,也偷偷地鼓捣点烟草零售。我往往返返时,常看见有人光顾,加上他家漂亮的女儿也总待在那里,人气兴旺,成了街上一景。

肉孜·买买提原本是一个农村庄稼把式,乡里干部见他勤劳俭朴,为人忠厚,就把他推荐到县供销社来干杂活,后来接替了锅炉工,转成了集体所有制工人。

进城后,养鸽融入了他的生活,他亲近蓝天和清风,那些小精灵无论喜与悲,终可以让他寄托心思。相比之下,他是富有的幸福的,几近让我赞美与羡慕。

一天,我到菜市场买菜,偶然看到肉孜·买买提蹲在市场一隅,守着一筐拴了翅膀的鸽子在兜售。啊呀!这让我始料未及。鸽子,这么美丽的灵物怎么能像鸡鸭一样卖?我喊:"肉孜·买买提!肉孜·买买提!"蓦然见到我,他也感到突然,急忙低下头,收敛了笑容,佯装没听到,不吭一声。爱人见状往一边拉我,说:"有什么呀,你虽然不吃鸽子,难道你没有看见别人吃鸽子?以鸽子养鸽子,是平常得不能再平常的事了。"后来我想,把饲养的鸽子区分一下,保留一部分品种好、繁育能力强的,其他的出售换钱,所得收入一部分贴补家用,一部分购买鸽饲料,应该可以理解。我尽管不认同,还是感到有理由,这也让我对肉孜·买买提一人工作,家境却还算富裕的原因,明白了一二。

晚上我做了一个梦。梦见肉孜·买买提变成了一只老鸽子,翅膀低垂着走路,女儿们穿着鸽子羽毛一样的华丽的衣服拥着他。梦见自己也成了鸽子,鸽起人飞,身后有一只鹞子(天敌)追着我,不停地喊,你好!你好!我惊慌地逃窜。醒了,惊出了一身冷汗。

五

鸽子是美丽的,人与鸽子相处是美好的。人与人相处何尝不是如此?但是,人却是健忘的。我与鸽子、与邻居一度走得很近,搬到新的城市才过五年,就几乎把这些事忘记了。去年,岳父病重,时常问起:"怎么一直没有肉孜·买买提家的消息?"我们一直搪塞,他又不会用电话,他的女儿嫁得嫁、忙得忙,怎么联系。他俩是最好的朋友,我们不愿意告诉他,其实小他许多岁的肉孜·买买提,已经在几个月前先他去世了。

离得远,肉孜·买买提去世,我没有回去送上一程,见到他家孩子的机会也越来越少。但肉孜·买买提和他的鸽子仍然是我独有的一道风景线。一次次假借他与鸽子的力量,展开联想的翅膀,蹿上高高的云端,在一片鲜有人知的天地里畅游和歌唱。

昨天,爱人接到一个电话,是肉孜·买买提的四女儿打来的,说她要来乌鲁木齐市找工作。这一下又让我想起了他与他的鸽子。

我 与 鸽 子

一般来讲,鸟类不与人亲近,捉住它们是一件很费力气的事,驯服起来就更难了。燕了、麻雀与人类朝夕相处,史前就有家燕、家雀之称,但它们对人类也是敬而远之,什么八哥、鹦鹉更不用说,只有鸽子与人类最为亲密。

我接触鸽子的时间比较早,从心底里喜欢,但是这种关系始终没有超出人对动物自然关爱的范围,始终没有形成那种难舍难分的痴迷和依恋。准确地说,我不能归属于养鸽人群,当下也没有养鸽子,所以我与鸽子的故事注定是浅显的。但鸽子在我心里是有固定位置的,它源于一些让人难忘的事儿。

小学时,家里养了一群鸽子。起初几只是别人家鸽子"炸群",自己来落脚的。"炸群",如同蜂群分箱。鸽群中个别鸽子因故会自然迷失、出走。

刚开始，父母嫌弃鸽子踩踏房瓦、啄食粮食和四处排粪的习性，一而再地驱赶。但是它们一赶就跑，一停手又返回来，全然不管不顾主人的态度。后来，我和弟弟向父亲求情，父亲告诫说："喜欢就好好养，不能动歪心思。"也就认同了它们的存在。我和弟弟十分上心，但孩子能做什么，无非撒些粮食，赶一赶蹿上房顶的猫，再没有其他行为。它们自生自息，我行我素，一来二去竟然繁殖出一二十只。街上一些闲散的人，也曾动过捕捉几只"打牙祭"的念头，但都慑于家父的威严。有小朋友找我和弟弟商量，想用零钱买、物品交换等办法，我们也不敢动这些念头。

父亲一生历尽沧桑，细说起来会让人感伤难禁。他公道正派，甘于吃亏，说话一句顶一句，这一点得到了周围人的高度认可。鸽子在我家屋檐下相安无事，正如我家兄弟姐妹能够平安成长一样，都得益于父亲为人处世。一个父亲是家中的顶梁柱、主心骨，肩负着十分重要的责任，这是我人生中最基本的认识之一。

再说，家里的鸽子也没有什么名贵的，多是家鸽中的"高鼻、凤头、鹞翻"等。也许正因为它们普通，也许正是家人不在乎，或是我这个好事的主早早离开了家，它们才得以泰然处之，在我家屋檐下安营扎寨近三十年。这是我与鸽子最初的结缘。

在我的集邮册中，有一套《鸽子》邮票，它是1983年，农场工友志毅所送，我十分珍爱。

这套邮票是中华人民共和国成立后发行的第一套三角形邮票，在老纪字邮票中编为"纪10"，是1952年我国发行保卫和平系列邮票的第三组。票面是一只鸽子的展翅像。从邮趣上得知，这幅昂首展翅的鸽子图，是世界著名画家毕加索1950年11月为纪念世界和平大会在华沙召开时所画的。著名智利诗人聂鲁达将它命名为"和平鸽"。这一画作，除中国作为邮票图案使用外，还多次出现在外国邮票上，几乎成了一个具有代表性的邮政标志。

志毅是新疆库车县人，有三个姐姐，他是家中唯一的小伙子。他晚我一年到农场，来时也只有17岁。大家都知道农场工作辛苦、生活枯燥，离开家乡时，他二姐的男朋友将自己积攒多年的邮票送给了他，既是一种纪念，又是鼓励他在农场好好干。从此他迷上了集邮，一有空闲就拿着放大镜抱着集邮册研究。

我俩相处两年多，比较聊得来，在我接到高校录取通知书时，他决定把最为珍贵的一套"和平鸽"邮票作为礼物送给我。这一举动让我十分意外。虽说这套邮票我十分喜爱，求之不得，但一考虑他也集邮，又仅此一套，况且我上大学走了，他还要在农场待着，我心里实在不忍，就坚持不收。等我在学校接到他回信才知道，他将这套邮票夹在我的《新编唐诗三百首》书页里了。离开农场时我把许多生活物品送了人，只有几本书是随身携带的。

30多年了，"和平鸽"一直是我邮票中的翘楚，也多次编入邮集，并为赢得邮展奖贡献了力量。每一次翻阅集邮册，我都要端详这三枚邮票，偶尔想什么是友谊，什么是得失。它也时常让我想起在农场时的欢乐时光。

手腕上的风景

就我而言，夏天消暑有三宝：折扇、热茶、绿皮红瓤大西瓜。茶和西瓜不说了，这里单讲折扇。它占据首位，除了扇风纳凉的实用功能外，还承载了一些令人难忘的故事。

"高士品茗图"折扇是张民浪老师所画。虽说它不是我收集得最早、名头最显赫、价格最高的一把，但却是为我现场创作的。

2004年夏季，他来喀什写生，正赶上伏天，不宜出门，我们就在家里摆龙门阵。聊到"放慢生活节奏"，他来了兴致，说："闲着也是闲着，给你画一把折扇。"我说："画一个大美女，能从画中走下来的那种。""仕女、红牡丹太俗套。"他笑着说，便提笔蘸墨。

民浪毕业于西安美术学院，师承长安画派领军人物，功底扎实，治学严谨。这幅扇面以淡、疏、苍的笔趣，勾勒出一人一炉一盏的简单画面，以诠释"心静自然凉"的意境。

这把折扇我不常用，除了几分不舍之外，还有过于古意雅致的原因，跟我的禀性不相搭。一个"乡下人"觍着脸作"品茗"状？回家准挨我妈的鞋底子。之后，凡有老师题扇，我首先声明：自己从乡下来，夏天有用扇子的习惯。唯恐画面格调太高，人不配扇，上不去下不来，又成了压箱底的藏货。

后来的几把折扇，带有浓郁的乡土气息。一把是闵荫南老师所作，扇面上画了白菜、蘑菇，题写了"养身之宝农家所赐"的款识。绘有"花影鹌鹑画"，题"疏影横斜 四季平安"的折扇，是田致鸿老师作品。两位先生儒雅安稳，艺学高格，用笔一简一繁，墨色一浓一淡，虽说风格迥异，但都有浓郁的"农家乐"味道。

乡村的夏季闷热难耐我是知道的。古话说："冷，冻穷人；热，热大家。"过去没有制冷技术，寒冷时，富裕人家可以加衣添火，而遇到酷暑，任谁也没有什么好办法。人手一把扇子，几乎是夏天的重要标志。母亲的蒲扇，父亲的黑纸扇和飘着茉莉花味的大搪瓷茶缸，几乎是我童年时光里的重要记忆。生在乡下，长在乡下，没有比蔬菜瓜果家禽让我再熟悉、再亲切的了，可谓是"出世家境是天辟，落土八字天注定"。

"又显摆！"昨天茶友老张见面就给我上课。惹人的正是手上一把八寸斑竹折扇。扇面"天山图"是乔玉川先生所作。虽说老张是玩笑，但从侧面讲，对于手执折扇"比比划划"的行为，往往让人看不惯。说你复古，算是好评。说你出来吓人，也不为过。当下是追求城市化、高科技、快节奏的时代，许多人注定会远离折扇、草帽、套袖，甚至于纸质书本，等等。这一点容易理解。但从另一方面讲，虽说折扇只是一个日用小物品，但它具有折展自如,携带方便的特点。除了实用之外,也是对生活美化的一种装点。持这种观点的人也不在少数。越来越多的人重新拾起了折扇,虽说折扇或多或少脱离了扇风的本意,变成了某种情感、文化的东西,但终究被时代生生湮灭。

乔玉川先生与我是忘年交,亦师亦友。他既有深厚的书画功力,又有现代的审美意识,崇尚先贤,敬畏笔墨,年过八旬仍变法求新。仅以这幅扇面为例,在不到半平尺的画面上,勾勒晕染出了墨与彩、线与块、大与小的关系,写意趣味浓郁。

这一把扇子要多说说。扇子是2008年初秋,在乔老师家中画与题写的。那天,下午三点左右我到小区,远远就望见师母向我招手。我接过她手中的小凳子,边走边说话,进门看到画室一屋子人煮茶、吸烟,整个房子烟气腾腾。

我说:"你们都在?我以为乔老爷睡午觉,等到三点才过来。"平时,大家当面都喊他乔老爷,我也跟着喊。书家杨勇说:"别说乔老没睡,连师母都出动了。怕你摸不到门,吃过午饭就拿着小板凳坐在街口了。"杨勇是乔老师弟子,称先生为乔老。师母端着水果进来,说:"都别抽烟了,呛死人。"又指着扇子说:"画一个大的。""人家就要这个吗。"乔老师笑着接话。

题字的是杨勇老师。见扇面是天山,便问:"五月天山雪,无花只有寒?"乔老师说:"咦,前后都是天山,腻歪。"后来,杨老师红着脸写了"上善若水"四个字。

当时,师母七十多岁了,一两年后因旧疾而不治,说来令人唏嘘。这件事过去十多年了,扇子也用旧了,但当时说说笑笑的情景至今仍历历在目。

也是那一次陪他作画,使我了解了折扇的独有个性、创作方法。比如,折扇有折有痕,有纸有绢,并不好构图用笔。无论作画题字,虚不宜空泛,实不可失调。玩意不大,却靠工夫,也见情意!

这一问题,在卫俊贤老师画的萝卜辣椒图折扇中可见一斑。画萝卜的红颜色顺着扇骨渗出来了。画这幅扇面时,卫老师不小心在萝卜下面滴了一点红墨,他就顺手添了一个红樱桃;后来,为了呼应构图,又在旁边添了一组绿樱桃。当时,旁边围了几个人,他扭头对我说:"画坏了!"大家则起哄,一致说:"有孔尚任'桃花扇'之妙,美得很!"当然,失误终究是失误,但那一刻的欢笑仍然让我怀念。

除此之外,还有张民浪老师的汗水也让人难忘。那年,他虽然刚及不惑之年,但身材已经略微墩胖,不禁热,不断用湿毛巾擦拭额头、颈后的汗水。那一管狼毫笔,一笔一画间几乎蘸的不是墨而是汗水。

时至深秋,折扇基本完成了今年的使命。在收拾一把把折扇入箱之时,我心里竟然滋生了几分对"热"的不舍。是出于情感,还是扇子?难说清楚。

东湾村速写

东湾村是一个鲜花盛开，人畜无害的地方。它位于天山北坡下，是一个以哈萨克族为主体，汉族、回族共百余人口聚居的行政村。我是东湾村的插队户。

对于村庄我是熟悉的，不止一次写过这里的雪山、夏夜和秋雨，也屡屡向人们说起村里人日常生活的种种。但我又是陌生的，山里人散居、游牧的生活方式，使我至今认不全村里人。

一个个红砖红顶的房屋和木栅栏围拢的院子，长满了果树、绿植。当下才立秋，青的苹果，小的毛桃，红滴滴的山樱桃，已疙疙瘩瘩地挂满了枝头。爬上墙的藤，蔓延的葡萄秧，地里散种的蔬菜，惹人注目。那野生的枸杞长在角落，枝条上挂着一串串像水滴一样红的、黑的枸杞子。

家家户户的院外种植着蜀葵、向日葵和波斯菊等，过不了几天它们的气势就要盖过院子，花色明亮，气味芬芳，与不远处皑皑雪顶的山和山坡上的松柏森林相映成景。

他们的生活是简单自我的，放得开的，也是富足的。起居营生仍然遵从古老的方式。说起来，可能许多人不相信，生活节奏与日出日落同步，山里山外与牛马羊犬为伴，人与人相处朴素诚挚。与他们在一起，我将不是我。在阿山家，或是跟木拉提在一起，我都会端起大碗喝酒，手撕大块羊肉，也会甩开膀子跳舞。聊天也是直白、真诚和快乐的。

他们可能对时尚、投资和品牌知之甚少，话题多是山峰、雪景、溪流和牧草，时间记忆更多的是故事。但是，他们永远记得朋友，懂得规矩，知情达理：哪怕是你送了一块砖茶。不止于慢生活，慢关系，也慢了时间。这种慢，不是学来的，不是觉悟，是从血液里透出来的。知止知乐知足，不是夸张，不是选择，不是营造。

我设问，他们这份洒脱从容是如何形成的？至今不得其解。只能归于草原戈壁沙漠的特殊地理条件，归于根植自然、热爱生活的草原文化，归于大碗的奶茶、烈马、白酒和豪壮的音乐。

傍晚，炊烟从毡房、木头房子和砖砌的平房中飘散开来，空气中便弥漫着草木灰的味道。散步时，常常遇到一群群山羊，它们宛如一溪流水在你腿边自然分开，绕过去又迅速合拢，"哞咩"的叫声一片，像极了一朵朵白的黑的云，在山峰顶上拉开长长的旗。有时，一匹马、一头牛会走到你跟前，用明亮的大眼睛跟你对视。眼睛像泛着的小河水一样清澈。令人惊讶，但是不用恐慌。那甩动的尾巴，告诉你它们的姿态是闲暇，漫不经心。

外出的人逐渐回村，人们开始在院子里聚会，我闻到了烤羊肉的味道。

滑　雪

夜雪稀稀疏疏,降雪量不大,却催生了今天的好天气。

早上,我把院子里的一层薄雪打扫干净,换鞋准备出门。爱人隔着窗户喊:"别去滑雪,早点回来吃饭!"心想,说话没头没脑,谁要滑雪?天气这么寒冷,又有危险性,不要钱也不去。于是,扭头答应:"知道,知道了。"

答应是一回事儿,人却不觉间走到白云滑雪场大门口了。

雪场上人很多。在爬坡轨道车上,人们穿着五彩斑斓的衣服排成了一长串,像是即将远航的游轮上,一条条飘扬的彩旗。滑雪的人伴着笑声、呐喊声,像鸟一样从山上飞滑下来,在雪山背景的衬托下,形成了一幅十分优美的画面,瞬间我就被里面的景象吸引了。常言说,逐鹿的人望不见山,捕鱼的人看不到水,爱滑雪的人也肯定顾及不了那么多,在激情面前,理智忠告永远是苍白无力的。

雪是滑了,但我是滑雪"菜鸟"。十年前,李兵约我、爱民等四个同学带家人在雪场小聚,我是第一次玩。说好男的滑雪,女的溜皮圈,但是除了李兵外,我们三个都不会滑。好在他技术好,又"好为人师"。

不愧是院校领导出身,讲起动作要领言简意赅,现场教学是强项。

"滑雪,如同骑马,平衡是关键。雪杖用于调控方向,滑板控制速度。两只滑板呈 H 形时,下滑动力最大;脚尖内扣,滑板 A 字形,等于减速刹车。"

"双脚外八字,如何?"

"摔倒。"我们哄堂大笑。

讲完,他扛着单板直接上了高级滑道。有人不改"谨慎"本色,拉上皮圈去陪老婆,解释说,才生二公主,任何会有闪失的动作都不能做。剩下爱民和我就开始企鹅学步,跌跌撞撞,跟斗把式,好在我俩都有骑马的经验,加上年轻胆子壮,总算是入了门,没有辜负一张门票钱。之后,再来雪场多是陪朋友出来玩,有一搭没一搭,技术没有什么长进。

入场才发现,这里几乎全是放寒假的学生,玩速滑、花样的也是年轻人,感到今天来得不是时候。我那点"骑马"本领,又长时间没有滑,想不出洋相都难。为此,我故意拉低风帽,扣上大墨镜,戴上脖套,心里琢磨,这样跌几个跟头,别人也认不出来,以免留下话柄。同时,嘴上为自己鼓劲,小声嘀咕:我跌,我跌,跌出一片灿烂。咬牙闭眼撒手,走啦……

开始有一点紧张,双膝内扣,上体前弓,眼睛盯着脚下,身体绷得很僵硬。几趟下来,雪杖可以夹在腋下,以身体晃动掌握平衡与方向了,不时还能滑出几个大一点的弧线。有了感觉,兴致也就跟着上来了。

中午,雪场人越来越多,许多大伯大妈加入进来,想必是从城里赶过来的。为了躲避拥挤，我决定到餐厅吃东西，中场休息。选一个靠窗户的位置坐下，给家里发了一条微信：午饭在外面吃，不用等我。点了一碗面，一杯咖啡，边吃边盘算：下午要冲击一下新高度。

以前，高级滑道我从来不敢问津，今天是第一次上来。轨道车上，一位大妈主动向我打招呼："小伙子滑几年了，这个雪场还不错吧？"仿佛这雪场是她家的。我心里嘀咕，小伙子？什么眼神！你们这么大岁数了，跳一跳广场舞就可以了，滑雪多让家人担心。但是，论起雪场条件，家门口这三个滑雪场应是各有千秋。蓝天滑雪场和丝绸之路滑雪场的场地、设施较好，但是性价比不如白云滑雪场占优势。怕大妈们没完没了，就回答："不了解。"

登上一个台阶，果然有了更好的视角。放眼望去，天地平坦开阔，山峦连绵起伏，一座座村庄，一条条道路，像颗颗宝石镶嵌在无垠的雪海之中。高级滑道与初级滑道技术区别也不大。山高坡度大了，人在速度和激情的作用下，更加轻盈飘逸。在波光粼粼中，拖曳着风的呼啸，会击穿一些惯性思维，使人沉浸在激情里。这不失为一种强烈体验——超越自我、挑战极限。

再看，一位大妈双手高举，滑板以外八字控制速度，身体以"大"字造型滑行，不时发出欢快的呼喊，雪杖上系的丝巾长长地飘扬着，竟然没有丝毫失衡的迹象。绝对一流技术，不亚于单板大回旋水平！正当我感叹之时，又一阵欢呼声传来，只见两位大妈一前一后，横向拉开一条长丝带，宛如一道彩虹飘然而下。为了避让，我急忙雪杖点地，向外侧滑，谁知动作过大，身体失去平衡，一下摔了一个四脚朝天。待我爬起来，要追上去理论，大妈们已经消失在滑道的尽头。

傍晚时分，山里雾气逐渐大了，夕阳也为雪山抹上了一层灰色。归途中感到右胯有一点隐痛，用手揉了揉缓解了一点，但是运动的兴奋一直没有平复。那种感觉让人无法诉说其中的奇妙。

晚饭时,女儿抱怨与计划,本周工作七天太让人烦闷了,放假一定滑两天雪散散心。我表示赞同,补充说,白云滑雪场票价低,而且高级滑道雪实、道宽,我感觉不比其他雪场差。爱人一听,说:"你今天是不是滑雪了?好话一句听不进去。老胳膊老腿的还干那事儿,是不是狂躁症犯了?"女儿一看情景不对,急忙打圆场,说:"哈哈,老同志真的老了,连自己的事都兜不住。"我自知理亏,赶紧说:"不打自招,老年痴呆。"说话间顺手在手机上发了一条朋友圈:春节请到南山来滑雪!

春天的乌鸫鸟

当下,每一寸土地都在变暖,每一种植物都在发芽,每一个小动物都有蠢蠢欲动的愿望。乌鸫尤其钟情春天,它们的喜悦可以从鸣叫声中窥见一斑。

一

惊蛰,天气还有几分寒冷,两只乌鸫就在院子里飞来飞去,不是站在巷子的山桃树上,就是飞到院子的山楂树上,"咿咿""呦呦"一声短促高亢,一声婉转悠扬。起初我猜测它们是画眉,因为画眉常见于鸟笼子和文艺作品中,二者形体上相似:长有黄颜色的啄线。后来知道是乌鸫。尽管说它们有许多相似之处,但是二者属性不同,一个属于鹟科，一个属于画眉科。羽毛颜色与鸣叫的声音也有不小的差别。虽然乌鸫具有模仿其他鸟声音的天赋，历来有"百舌"之称，可是模仿的终究不如原本的声音。

以前没有发现它，应该是整个人自顾自地忙，无暇顾及，一旦对乌鸫有了认识，在森林、草原、乡村和城市就不难发现它们的身影了。东湾村在天山脚下，村民中哈萨克族占多数，近年随着乡村房地产的投资开发，也入住了为数不少的"城里人"，以养老的退休人员居多。原来居住的居民以农牧业维持生活，与大自然有天然的联系，对于季节、天气、动植物有着深厚的感情。城里人入住时间长了，对周围事物也越来越熟悉，因为他们的"动机"是看上了乡村的生态环境。人的认知与生存环境之间的关系其实是很大的。

这对乌鸫应该是新婚燕尔。除了形影不离，一唱一和的缠绵外，也表现为缺乏生活经验，起码是缺乏筑巢的经验。那形似燕子窝的鸟巢粗糙，所用材料不仅有泥土和杂草，还使用了编织袋散掉的塑料条。塑料条一头筑进了窝巢，另一头像长长的柳丝耷拉着，随风飘摇。

不知是因为它俩的恋曲，还是飘摇的"彩带"，或许不需要什么原因，仅仅是春天吹拂的风，就招来了两位不速之客：一只暗灰色的带褐黑条纹的狸猫，一只淡黄色带有深黄色斑的虎猫。小区养猫的人家不少，但多数是圈养的，在院子里能经常见到只有这两只猫。

狸猫是一只家养的母猫，名为"志刚"。也许是它有一个顶呱呱的名号，也许是它高大威猛的形象，它在院子里尽可以大摇大摆地走。遇到人顶多是脚步停歇片刻，象征性地扬扬头，随之恢复原态。它这是在巡视领地。人们堆着笑脸跟它打招呼："志刚，志刚。"

虎猫是一只流浪的公猫，名字叫黄黄，应该是取自于它的毛色。不知道是它出于温顺的习性，还是出于流浪者的特质（敏感），多数时间都是趴卧在一个墙角里，见人就"喵喵"叫。一双幽蓝色眼睛眯成一条细缝，略带躲闪地望着你。它不仅怕人，也怕猫，总是远远地躲着"志刚"。人们对它也一样拥有热情："黄黄，黄黄。"猫是小区的院宠，不知是因为它们捉鼠有功，还是人的寂寞，尤其是在春天里。

二

清晨，鱼肚白的天空仍然挂着弱光的星星，乌鸫就在屋檐下出声了，起初的声音低微而模糊，等到升高音调，叫声忽左忽右地飘移，就知道它们已经飞上枝头。

鸟与家禽的啼鸣一起拉开村子一天的帷幕。

最先出门的是晨练者和环卫工人。"又不挤牛奶，不等日头出来干什么？"个别牧民觉得"城里人"可笑。而牧民人家的忙碌与欢乐尽是在夜晚，晨睡是不能少的"朋友"，尤其是男人们。哈萨克族女人是要早早起来煮奶茶的。几位哈萨克族保洁阿娜（大妈）开始清扫飘落的枯叶，铲除角落里的残雪。相比许多哈萨克族妇女，她们略显瘦削，肤色要浅，穿着工装，见人也爱笑。早起的人听到乌鸫晨啼不自觉地停下脚步，抬头向树上张望。乌鸫见到有人接近，瞬间息了声。人走远了，又欢唱起来。

猫出来不只是伸懒腰，因为它有了欲望，是源于肚子的食欲——捕捉野味，对乌鸫产生了兴趣。平日里很少见到猫将鸟作为捕捉对象的，顶多是猫下意识地追上去，鸟"扑腾扑腾"飞起来。

狸猫走进了巷子。它站在山桃树下抬头望着枝头，俯下身体，鼓起脊背，后腿弯曲地往前蹭了蹭，似乎是一个跳高运动员，作着一跃而起的准备。乌鸫见状如同火苗一样，"嗖"地蹿起来，径直飞向村外的森林，逃离得无影无踪。狸猫似乎对乌鸫惊恐的反应比较满意，长出几口粗气，掉转身体,翘起尾巴,晃着肥肥的屁股,一扭一扭地离开了。

虎猫从篱笆墙悄悄钻到院子金银花的木架下,那满是细毛的爪子下的肉垫,让其在花畦和树叶上行走不至于发出声音。躲过了狸猫,躲过了窗户里向外张望的眼睛,但是乌鸫还是敏锐地觉察了,迅速蹿进树冠,蹿向天空,再一次逃之夭夭。

不难发现,一旦有人或者猫等出现,乌鸫霎时息声,之后疾速躲上枝头,一旦发现危险临近就疾速向山里飞去。对于鸟来说,大自然中危机重重,无论遇到什么情况,都是现实的危险、破坏与折磨,只有在密林深处,或是人迹罕至的荒野,才能使它们喘口气,纵然那里也不是绝对的安全。

那么,乌鸫为什么会跑到人类居住的地方?因为果腹与"繁衍生息"是自然法则。鸟冒着风险来到人类居住的地区,也是生存欲望的驱使。不仅仅是鸟类,流浪猫的不肯离去,以及一些人从城市返回到乡村,何尝不是一种无奈的选择。

山坡上的雪线一天天升高,一层又一层植物显露出来,仿佛并没有被冬季的寒冷所伤及,反而孕育了新绿。山风挟着融雪的湿潮和森林的气息扑了下来,把村庄的土壤和花草也烘暖了。山桃密匝的花朵遮挡了巷道的天空,山楂树萌出的芽叶支开了绿油油的伞盖,窗下的金银花、玫瑰、蒲公英和蒿草也憋足了劲地生发。天朗气清,万物生长,食物增加,大自然无疑是为新生命的到来作好了准备。

三

改变是在鸟窝里有了"宝宝"以后。

乌鸫鸟安静多了。风吹树叶的"沙沙"声,似乎盖过它们的动静,尽管院子内外山桃树、山楂树和玫瑰的花朵依然鲜艳。不再成双作对,不再枝头歌唱,早与晚的"啾啾呦呦"越来越低缓,显然它们的热情已转移到繁殖下一代的使命上了。

在孵化期,一只飞来一只离去,交替着坐窝。有时一只鸟竟然可以几个小时不动,只要另一只鸟没有回来,无论是刮风下雨,或者是其他什么,我不止一次地见到,坐巢的鸟飞扑到地上,急忙用爪子刨开花草根下的土壤,啄上几口似是而非的食物,又飞进了巢穴,估计是饥饿难耐所致。

一周、两周,纤弱的幼雏从鸟窝上露出毛茸茸的小脑袋,头歪缩在肩膀上,像是一个个丑陋的蝙蝠趴在一起,只有张嘴索食时脖子才伸出来,才有一点点鸟的样子。看不清眼睛是不是睁开,听不到嘴巴发出的声音,一无所知地面对着一个全新的世界,一个充满不确定性的未来。

两只亲鸟开始哺育以后,不但打食越来越忙碌,而且性情也发生了改变。不论遇到什么危险,都不再回避、退缩,甚至不顾自身安危地争斗。人在院子活动,不管向不向鸟巢方向靠近,它们都立刻焦躁起来。如果亲鸟恰巧在喂食,就急忙藏入巢内,不吭不响。偶尔有其他的鸟飞过也是如此。对于猫,鸟的反应更是激烈。只要它进了巷子,尽管与院子还有一段距离,两只鸟就慌张了,马上停止喂食或打食,急切地在山桃树与山楂树之间蹿飞,才落下,又飞起来,再落下,嘴上"叽叽喳喳"地叫唤。雏鸟似乎从亲鸟的呼喊声中感受到境况的不妙,小脑袋顿时缩进窝里,仿佛如此能将危险拒之门外。

一次,乌鸫的表现十分异常,一声接一声鸣叫,声音充满了愤怒,似乎它不再是乌鸫,而是争抢林子的喜鹊。探头看,一只鸟在房顶像疯了一样地飞旋,一次次向下俯冲;另一只则在树上乱窜,不时用爪子勾住一根枝条,身体向下坠着鸣叫。噢,虎猫黄黄上了房顶,正趴在屋檐上,不停向鸟窝伸爪子,好在房顶的厚度近乎一米,鸟巢选筑的位置比较巧妙。猫的举动无疑使幼雏处于极度危险的境地。

过了一会儿,猫觉得从上面无法下手,便跳到院子的木板墙上,仍然仰盯着鸟窝。空中的鸟仍然不知疲倦地飞冲,尝试着以翅膀和鸟喙攻击虎猫。另一只乌鸫干脆落到墙下的花丛中,不管不顾地拨拉花草下的枯草,刨起阵阵灰尘土烟地寻食,与猫的距离已相当接近。攻击与干扰一刻不曾停歇。突然,虎猫凌空跃下,伸出前爪径直扑向地面的乌鸫。那肌肉发达的后腿,如助推火箭般强劲,空中转体的落地更是灵活稳健。那么突然,那么迅速,完全出乎意料,无疑达成了声东击西的效果。眼见一个生命要在瞬间消失,谁知乌鸫巧借花枝的遮挡向旁边一跳,迅疾飞了起来,显然是早有准备。前面不停地捣刨,或许是诱骗,或许是计谋,都不曾掉以轻心。二者在智慧上不相上下,但力量在灵活面前失去了优势。

　　其实,猫扑下的那一刻胜负已成定局。虎猫舔了舔鼻子,扭了扭身体,对鸟窝盯了又盯,之后离开了。估计它或者它还会再来。雏鸟又趴回了窝沿。但乌鸫许久不能平复惊恐的状态,只是放缓了飞跳的速度、频次,降低了短叫的调门。

　　曾几何时,人们对于鸟类不厌其烦地赞美,如羽毛瑰丽,形态优美,鸣叫动听。殊不知,只要花点时间,或者是用心观察,不难发现它们的优点远不止外表与表象,鸟的智慧更值得骄傲。比如有灵性,有勇气,有协同,有毅力。不畏惧权威,不屈服霸凌,一切只是源于爱。

　　这一役乌鸫占了上风,应该庆幸,但是虎猫也不悲哀。因为它已经将本领发挥到了极致,远比家猫来得强壮、智慧和机智。换一个说法,无论是猫的不得食,还是鸟被捕捉而死,都是物竞天择的结果。而这一幕无疑给那些将乌鸫关进笼子,把猫作为宠物饲养的人一个重要启示。唯有自由才能构成美丽、高贵的天然,不是人的宠爱、施舍、赋予和驯服。对它们而言,尊重似乎比热爱更加符合大自然的法则。

　　阳光越来越温暖,空气愈发湿润浓郁,小乌鸫早已不知去向,几乎没有什么过渡。两只乌鸫已经放下繁殖期的警惕,开始容忍人的靠近。一身黑色羽毛,黄褐色的喙和轻盈迅捷的动作,格外引人注目。又几日,它们也弃巢飞走了。

从这一天起,天山进入了繁华的夏季。

流连在咖啡馆的时光

我不是在咖啡馆，就是在去咖啡馆的路上。

——茨威格

从喝第一杯咖啡起，我对它就情有独钟，接受并习惯于它的风味，一以贯之。上次，有关喝咖啡的稿子刊出后，朋友留言中除了交流对咖啡的认知、品鉴外，还有人推介了咖啡店、咖啡师等。喝咖啡固然离不开咖啡馆，咖啡馆吸引人的因素较多，大体上离不开传统、风格、品质和文化，这也是咖啡魅力的组成部分。说来惭愧，北京后海、云南丽江的咖啡馆我没有去过，更别说英伦、美洲的百年老店，后来在几个咖啡馆里度过的时光尽管不多，却是难忘的。

吗哪书房咖啡馆

一个人到陌生地方，会首选去什么场所？探亲、工作、生活等每个人目的不同，选择各有差异。就我而言，除了菜市场、超市外，首选咖啡馆。海南盛产咖啡，咖啡产业广泛，开一家咖啡店的门槛低，容易上手。离我所住小区较近的就有三四家。我去得多的当数"吗哪书房咖啡馆"。

吗哪书房咖啡馆位于海口琼山区绿色佳园北区，是两层结构的门面店。顾名思义，此店以图书为特色，主营咖啡、饮料和甜品。一楼只有几张桌子，二楼作为艺术展示空间。一周营业6天，周日休息。虽说海南咖啡馆浩如星辰，数不胜数，但是多以咖啡搭台，搭配简餐、西餐，单纯做咖啡饮品，又有文化特色的少之又少。正如有人评价："在行色匆匆的人群中，忙忙碌碌的氛围里，吗哪咖啡馆好比一片沙滩上，唯一的一个小贝壳。"这也是让我喜爱的原因之一。

仿苏轼《寒食帖》口吻："自我来海口，已过三寒食，年年欲惜春，春去不容惜。今年又苦雨，两月秋萧瑟。"苏公感叹命运多舛，而在下是为了吐槽天气。新疆冬季漫长可达五个多月，寒冷、风雪让人难以出门，迈不开腿脚。来海南是为了避冬借暖，运动锻炼，谁知连续三年正值海南严寒，阴雨霏霏，潮湿寒冷。唯有找一个有暖气的地方，喝一杯热饮，才能驱散浑身的寒冷和失望的心情。从小区出来，撑伞走上几分钟就到吗哪书房咖啡馆。

靠墙角选一单桌坐下，望着吧台。这里只有一位工作人员，是雇员、店主或老板娘？没有求证过。她戴着黑框眼镜，中等身材，年龄大概三十岁。每次来，每年见，总是淡妆素饰，面带微笑，说话轻声慢语，仿佛这里时空境况不变，地道海南咖啡不变，人的节奏不变。与对面琼山第十五小学不时欢呼雀跃的学生流，与窗外的疾风骤雨形成了鲜明对比。一会儿操作烘焙机，一会儿将咖啡杯递出，她犹如芭蕾独舞中的奥兰朵，在舞台灯光下，旋转、直立、下腰、伸臂。我已经习惯于等待。她忙过一阵后朝我走来，笑着挑起眉毛，记录点下的饮品，等她在吧台再一次"独步天下"后，一杯醇香的咖啡就端上来了。

一架又一架的书刊也是让人值得等待的。有几天，我一手端着咖啡杯，一手翻看《瓦尔登湖》，仿佛置身于梭罗笔下森林湖边的小木屋，用手持锯切割松土板，平整土地种下土豆，一分一厘计算开支，痴迷地仰望夜空。心情平静，思绪荡漾。

书中：一个人怎么看待自己，往往暗示着自己的命运。我们与飞禽一样，都有换毛的季节，这注定是我们人生的转折点。别人交口称赞的生活不过是生活中的一种，何必为了一种生活舍弃自己的生活。让我长时间思考，与之争辩，也为自己辩护；用一把尺子、一杆秤测量心中追求、舍弃、顺应的尺度与力量。正视听、辨方向、计得失。遇到《瓦尔登湖》，读到这样的句子，应该是种幸运。

从2013年冬天，第一次到书房咖啡馆我就疑问，吗哪是什么含义？这种经营模式何以为继？一旦到了店里，又忙着翻阅图书，顾不上求证，至今吗哪为何物仍然不得而知。听说一些实体店出了问题，也曾担心咖啡店的经营状况，打电话询问，话筒传来一个语调轻缓的声音，说："您随时来。我们店被海南省评为'2018年最美书店'了。"但凡来海口过冬，我一定会来这里找书读，喝咖啡。

女儿的咖啡店

我要开一间咖啡店。女儿说这话时还是一个小学生，与其说这是女儿的小梦想,不如说是对爸爸的认可。

一个人翻开一本书,淡淡油墨香下可以出几代读书人,而我的一口咖啡也熏染了女儿挥之不去的味道。喀什是一个边境城市,与几个国家接壤,是中国送走最后一缕阳光的地方。同一民族跨边界而居,除政治、经济、宗教上相互影响外,建筑、艺术、饮食等生活上也相互交融,这里许多人有喝咖啡的习惯。家庭聚会也多选择在带简餐的咖啡店,饭后,大人喝咖啡聊天,孩子们跑上跑下,或挤在一起做作业。有人到访,家里会沏一壶速溶咖啡招待。我受到影响,旅行结婚时,我与爱人专门从唐山选购了一套16头的骨瓷咖啡具,不辞劳苦背了回来。后来,出差、旅游遇到可心的咖啡具也买,朋友间互相馈送,开始还摆放展示,后来越来越多了就叠堆在柜子里面了。

住房条件改善后,我们一家人又把这些东西鼓捣出来,弄了一个咖啡角,算是女儿的"咖啡店"梦想成真。地方三平方米,借用妈妈的餐厅一隅。印象派的油画,藤条编织的桌椅,加勒比风格的桌布,手动磨碎机,摩卡咖啡壶和一簇不息的火炉,给人以独特、惬意的美好感。

老板是女儿,伙计是爸爸妈妈,顾客多数时间是三个人,都是回头客,且一律点赞。偶尔,女儿在"咖啡店"接待小伙伴。为此,还花了不少压岁钱。她上大学期间暂由我打理。薪火相传,看这势头,将来女儿的女儿一定会接手。

闲暇时,我与女儿一样乐于自己上手制作咖啡。用一小木棒一粒一粒地筛选豆子,分类研磨成粗粉细末,往壶里注入水,填上咖啡粉,点燃酒精灯进行烧煮。这时心情充满了期待。等到一股浓香伴随咖啡汁虹吸喷出时,一种愉悦和亢奋会油然而生。端起杯深啜一口,让心情在慢慢平复中独享一份满足。

尝一口咖啡的香浓或苦涩,能够让一个人从此痴迷,欢乐时端一杯与大家分享,苦闷失意时也会在独饮一杯咖啡中将其疗愈,久而久之,成为一种生活习惯。今天午饭后,我再一次光顾女儿的咖啡店,喝着咖啡,听着歌,阳光从窗户照进来,心里暖暖的。

美瑟达咖啡馆

有一句青春流行语:"转角遇到爱。"出单位大门右拐不到一百米,在团结路二道桥公交车站的后面,就隐藏着这间咖啡馆。美瑟达是意大利咖啡品牌连锁店,面积不足一百平方米,分割成敞开式大堂、操作间和卫生间三部分;工业风格装修、现代机器设备和一位叫作艾力的店员是这里的全部。

"艾力,亚克西!"进店后,我伸出大拇指,向艾力打招呼,他微笑点头。他会很快送上一大杯黑咖啡,用混合咖啡豆直接烧制,不加任何配料。晚上,如果我不强调其他要求,他会端来大杯白咖啡,其制作区别是,咖啡豆不加焦糖,低温烘焙加工,咖啡因含量较低,不影响睡眠。黑、白咖啡的焦苦、酸涩、香醇和不添加,保留了原始咖啡的味道,这是我一直的坚守和追求。

山不在高,在于风景。一杯咖啡氤氲下,总会演绎许许多多小众的话剧。在这里,听朋友分析国画家、油画家的现状和未来,探讨可能收藏的方向、范围。与过去同事相对而坐,一起复盘工作,有检讨有总结。周末,一些朋友会在此陪我"值班"。多少个午后,我一个人慵懒地在咖啡馆,一杯热咖啡下任由春光弥漫。当欣喜欢乐之情渐起时,便有述说一番的冲动:

无由无间的情绪攀延

　　端起放下间轻身心香

　　任欢乐和山间溪水流淌

　　沮丧时,在咖啡因刺激下失眠,几乎要撕裂自己全部的尊严、智慧、经验:

　　用一个厚瓷杯将苦酸慢慢喝

　　一抹一抹的气息味道

　　让我盯着天花板丢失了梦

　　感觉与晨光绵延

　　有三四年时间,这里成了我逃避现实的避风所,休息养生的港湾,也是读书、会友的必选之地。

　　在人口密集的城市

　　有这样一个宁静的去处

　　像是上苍苦心安排

　　我赞成这句话。美瑟达咖啡馆于我亦是这样一个特别的去处。

美术咖啡馆

追随翟老师筹建私立油画美术馆,是两三年来我热衷的事。

美术馆运行三要素:作品、场地、资金。每一项都是煞费苦心。仅场地而言,由最初的租赁,变为购置,到后来又采取合作等方式,与合伙人一起经历了全过程的喜怒哀乐。

一个公益性的美术馆为什么让我这么上心?目的只有一个,在美术馆套建一个咖啡馆!

创建一个有地域文化特色的油画美术馆,用一幅幅充满笔触、肌理的艺术作品,反映人物风情,展现各族人民群众的精神风貌,是我的追求。经营好一家小咖啡馆,引进或是融合外来文化,把我的喜爱介绍给更多的朋友,大家共同欣赏和享用大自然的馈赠,也是我的追求。开发利用好美术馆的衍生产品,不断提升美术馆生存能力,坚守美术馆私立性、公益性的宗旨,更是我心中的小九九。因为美术馆选址天山区民族风情街,与民族剧院、购物广场、旅游景区一体,既有开发衍生产品的基本条件,又可以通过延伸服务,提升美术馆的知名度和地位。单说衍生品,咖啡馆是一项;纪念品的围巾、折扇、咖啡杯、吉祥物是一项;艺术课堂是一项,大有文章可做。

中午,我刚躺下就见馆长来谈咖啡馆的事情,迷迷糊糊地跟他来到会议室,才发现大家对一些问题争执不下。一是咖啡馆经营模式、方向和品质如何坚守?赚钱、发烧的天秤指针要摆向什么刻度?还好,大庄家翟老师拍板"品质第一",选用海南兴隆、云南保山咖啡豆精工制售,让我轻出了一口气。二是纪念品印刷首选图案,是用翟老师收藏的克里木老师的《鸽子》,还是选我的藏品亚力坤老师的《喀什民居》,又意见不统一。正说着，马老师站起来，提出咖啡馆要悬挂书法作品，体现中国元素，并高举郭际老师遗作《菜根谭》。看着这位曾在市美术馆工作过的大哥、看着他急得眼睛充血，双鬓淌汗的样子，本想说此举不妥，又忍住了。等我求救般望向翟老师时，发现人不在主持位置。一问得知，扛鼎藏家涂总要从美术馆撤展作品，他正在协调中。啊！首展发生这样的变故，如何了得？惊悸而醒，才发现美术馆与咖啡馆竟是午睡的浮世一梦。

过了许久，我从梦的沉浸中出来，捧着凉水把脸深埋进去，一股清凉逐渐蔓延开来，用毛巾擦拭时，从镜中清晰地看到了我脸颊上的一块块褐斑。我笑了，心说折腾什么呀！回忆梦中那幅书法的内容："人生只百年，此日最易过。幸生其间者，不可不知有生之乐。"日有所思，梦有所想。瞬间，我清醒了许多。去咖啡馆喝一杯！

一杯普洱茶的味道

过去,我不懂茶,也不懂有茶的生活,与普洱茶的偶遇,使我对茶、对生活有了新的认识。

2008年,一个人来到新的城市,生活中除了"孤独",其余仿佛都是陌生的。新鲜、兴奋犹如开启一瓶汽水,只是冒了几个泡泡,剩下的就是沉寂无声了。

一个周末,我独自闲逛,看见一间茶店——天鸿茶庄。店名还算文雅,加上当时走累了,正想找一个地方坐一坐。人也是奇怪,忙起来昏头昏脑,恨不得找一个电话亭眯瞪一会儿,一旦闲了又浑身难受,真不知道怎么安顿才是。

茶馆是临街的门面店,以经营普洱茶为主,兼营茶具、玉器等。找一个靠窗的座位坐下,点一杯普洱茶慢慢地喝。以往什么茶都喝,尤其是吃羊肉、抓饭和烤包子后,通常喝上一两碗砖茶、黑茶，刮一刮油腻，提一提神。今天喝普洱茶，普洱茶是这家店的主营，没得另选。

喝第一口茶汤，味道略有一些苦涩。不一会儿，就从口腔的两颊、舌面、舌底滋生出一种甜感，不再苦涩，而是醇厚顺滑了。

出家门时还有几分不知所往的落寞，与一杯茶相对相饮后，感觉时光变得缓慢柔软了。一缕轻轻的茶香，拉着你陡然从孤独遁入悦动，竟慢慢感觉有了游离，想起许多人许多事。正如唐代钱起曰："竹下忘言对紫茶，全胜羽客醉流霞。"茶喝到酣处，是会醉的。酒可浇愁，曾经有体验；茶不仅解渴、养生，还可以排解空虚寂寞，这是第一次体验到。

后来再到茶店，喝普洱茶的次数就多了。与兰茶坊、家乡茗茶、天鸿茶庄和润歆堂等这些茶庄老板也越来越熟悉。茶店不让吸烟、打麻将，吃便当。劝阻人们酒后不宜喝茶，不宜大声喧哗和议论时政，也契合我平常的习惯。一来二去，我也购买存放了一些普洱茶，结识了许多嗜好茶的人，融入了一个有茶的圈子。

说起喝茶来，人可谓聚散自由。以茶为媒介，无所谓身份，不问东西，不涉及私人领域。喝茶的人多数不差一时一晌地打拼，也经历了人生的曲曲折折，能够安静地坐下来，东一榔头西一杠子地扯茶话。对所谈问题索然无味了，任由你发呆、思考，或稀里糊涂地翻手机，或挥挥衣袖悄然离开。与其他圈不同，牌友，胜了伤人感情，输了自己伤财。酒场也是，多喝消受不了，不喝人家不依不饶，更不宜中途退场，扫了别人的兴致。相比之下，前者轻松简单。

有人会讲，愿意一个人独处，享受孤独。其实，现在都市人的生活已经不乏孤独，同坐在一排长椅上，各玩各的手机，想着各自的事。还要自我封闭？尤其是我，身在异乡讨生活，苦于烦恼，苦于分离，尝够了在城市天空下独自徘徊的忧伤，情愿扎入人堆，或者朝着阳光而去。人群是新的故乡,是慰藉心灵的家园。

还有,人非圣贤,世事不是仙境,孰能不遇是是非非,能有多少成功与如意？除了适当的放弃,又有什么选择？端起一杯茶,融进一群人,让情绪平复,稀释痛楚,分化忧郁,正合了"了又未了,法外法之"的茶禅道理。况且,茶友之中人才济济,多是谦谦善学、广闻博览的。曾有人引用陆羽《茶经》:"茶者,南方之嘉木也。其字或从草,或从木,或草木并。茶之为用,味至寒,为饮最宜精行俭德之人。"从茶友口中我还得知唐代卢仝:"一碗喉吻润,两碗破孤闷。三碗搜枯肠,四碗发轻汗,平生不平事,尽向毛孔散。"听他们说茶、品茶也是一种趣味。

当然,讲解普洱茶的来世今生,有人能够细分生熟、产地、古树、单株和制作工艺,还会重点强调普洱茶的优点:一是量足价廉,一饼普洱茶七八两重,只需百八十元钱,足足可以让一个人,或一家人喝上一个月;二是生态环保,多以高山、大树茶为原料。茶树生长基本上不施化肥、农药,农残顾虑少;三是贮藏简单,不用建地窖、置冷柜,一个纸箱、瓷罐或陶缸足矣。经过一定时间的后熟、陈化,其品质还能得到提高;四是适宜众乐,大家围坐一起,一道一道冲泡,公道分斟,始终是热汤淡茶,等等。说来说去不外乎,普通,俭省,养生和有趣。

有人问:"老李不喝咖啡,改喝茶了？"我打趣回答:"喝茶有三妙,一是茶便宜,二是环境好,三是茶艺师漂亮。"大家哄笑。咖啡我仍然喜爱,因为油画界的朋友许多人喝咖啡、抽烟斗、嗜洋酒。虽说咖啡馆烟雾酒气混杂,但是那里是结交谈事不可或缺的场所。各有千秋。

对茶,我也没有区别心。对于茶源、茶知识和茶文化我说不清楚。只是认为,品茶不全在于品种、口感、体感,而与心境、氛围有关系。有时,我会用玻璃杯沏西湖龙井、福鼎白毫,图一个简单易行。老普洱茶性甘中温,含有丰富的蛋白质和糖,可养人体阳气、增强人体的抵抗力,我也会煮,并细品慢饮,可以暖和身体。一旦有时间,或时机合适,我更愿意到茶店去,享受人群的乐趣。但是,无论饮用什么茶均不宜过浓,不宜放凉,终究茶碱容易损伤胃口。

一晃,与普洱茶结缘已十年。于茶,十年也许太短,它的色泽刚刚由青绿渐变为棕褐色;于人,十年岁月不再经意。今天又降大雪,撬开一饼久藏的普洱茶,烧一壶开水沏泡。想来,人衰,冬寒,茶陈,人生也别有滋味。

致不曾实现的梦想

　　说起筹建私立美术馆失败的事，它是一则悲催故事，令人唏嘘。家人说，我是一个用脚思考的人，因为脑子正常的人不会想这种事儿。理想中的一个计划没有实现，在我认为纯属正常。尽管目标没有达到，但是我曾经有梦想，并为之努力，也就少了一些遗憾。再说，那曲曲折折的过程，足以成为一生的纪念。

　　三十岁时为了证明自己而立，我制订了人生努力的计划书，列出了一个详细的清单，即未来三十年的三十个计划。其中一项是创建一个有西域文化特色的油画美术馆，用一幅幅充满新疆特色的艺术作品，反映人物风情，展现各族人民群众的精神风貌。听起来多么励志、美好！请原谅，年轻时我经常活在白日梦中，幻想着"仗剑走天涯"等不着边际的事。但这个却不是梦话。作为一个美术发烧友，我有这样的情怀是不奇怪的。

美术馆的名头唬人，其实没有那么夸张。设想中，面积两百平方米左右，征集一些馆藏作品，以艺术展览、作品交易、衍生品开发为盈利点，简单讲就是一个大画廊。当时预测，难点在艺术品这一块上，馆大馆小终究靠东西说话。至于馆厅用房既可以租用，又可以在价位低的地段购置。边疆城市楼价低，一平方米一千元左右，拼凑首付款有把握。为了这个计划，多年来我一直注重学习美术鉴赏知识，主动接触艺术家和艺术机构，尽量减少个人生活消费，付出了许多热情、享受和积蓄。

对我的"三十个计划"家人是知道的、支持的，认为多数是正经事，唯独对"美术馆"这一项认为是空想、不现实。比如，靠工资收入，弄一张画就要戒烟戒酒少吃穿，弄一个馆就是把脖子扎起来，不吃不喝也攒不够那么一笔大的开支！所谓用脚思考，是形容我经常干事不计后果，走一步看一步，但是与"痴人说梦""不知天高地厚"还是有区别的。这是我的看法。

二十多年下来，收藏的美术作品越来越多，距离目标越来越近，但是一家人对长期过简单生活的忍受力也消磨殆尽。家人取笑我说："过去戏子的人生，可以概括两句话：一箱子旧衣裳，一辈子的烂名声。与你收藏可有一比：一屋子破烂货，一辈子穷酸相。"这一点，足以说明我的落魄状态和家人对我的态度。

常言道，功夫不负有心人。偶然与朋友喝茶聊起了这个话题，不料像我一样"做梦"的人不止一个，一番讨论后决定一起干。当下社会对文化事业十分重视，政策也宽松，一路上申报审批、资金支持、作品集成、艺委会筹备和馆长聘请都比较顺利。按说万事俱备，为什么最终没有迎来开馆剪彩？卡在馆址这一道坎上了。

第一次馆址是租用商业楼的七八层，装修后才发现电梯小，大幅油画上不去。花一年多时间才安上独立电梯，消防与安保又不过关，只有改址。

第二次选择与一个上市公司合作，公司出场地，我们出作品，后来问题出在理念上。为了抵制商业过度、权势干扰，我与合伙人一直坚持美术馆的私立、公益性。上市公司要办成企业美术馆，共同管理，追求投资收益。我们执着，人家不将就，最终只剩下双方"仁义"了。

第三方案是购房。谁知一两年的工夫，房价像打了鸡血，从三千元钱一平方米跃升到一万元钱一平方米，扶摇直上，只有望房兴叹。现实给我上了一堂严肃的人生课：呐喊理想、制订计划是简单的，践行它不仅需要意志和汗水，还需要"钱"！理想是一颗种子，但金钱一定是它诞生的土壤和营养。

这次筹建美术馆我几乎下了破釜沉舟的决心，摊钱入股把旧房子卖了，打报告提前"退休"，不顾鞍马劳顿地跑项目，结局是有想法，没办法，一片冰心付之流水。

春天是一个理想，秋天还是一个理想。

二月初二，到南方休年假的合伙人回来了，说："先从咖啡馆做起，从考察看收益很好，骑驴找马？"我说："还折腾？"心里想，咖啡馆是赚钱，但与我的计划不相符。理想不容妥协。

说起来，理想与梦想只有一字之差，二者的区别则是一个天上一个地下。别人的理想是为之奋斗的目标，而我的理想无异于梦，注定要奔波在路上。脑子里恍然闪出一位歌手的表演，他童趣、夸张地唱着跳着："奋斗，奋斗，为了理想而奋斗。"

品读"一笔字"

腊月二十九，小邱来家里带来了一幅书法作品。当时，我以为是春联、福字，加上人多需要招呼，就没有展开。后来才知道，是星云大师的"一笔字"——仁心仁德。虽说我不懂如何欣赏书法，但作品关乎大治，又是儒家经典名言，捧读诸时感到了它沉甸甸的分量。

小邱与其说是朋友，倒不如说是一位妹妹、侄女和女先生。她青春韶华，明心慧智，身上有许多标签，如清华、美貌、喜庆、自立和公务员等。以往接触中，她思维敏锐，涉猎面广，言语亲和，风趣谦逊，举止落落大方，令人尊重而信任。似乎是听她讲过，有一幅这样的作品，是一位长者所送，至于是真迹、仿品她不肯定。谁料想，她像拿着一件寻常物件，既没有诉说什么，也不曾解释一二，悄然相送。这一举动，无异于"君子以义为上"，与大多数人的做法不尽相同，让人感叹新生一代的襟怀。

据我所知，星云大师是一位大德高僧。他的《释迦牟尼佛传》《星云大师演讲集》等著述读的人很多。他创建佛光山，致力推广教育、文化、慈善、共修等佛教事业，培养现代僧才，于五大洲弘法度众，具有深远的影响力。对于星云大师我一直心存敬仰，也受益于他的著述和演讲，能够拥有一件这样的手书肯定是幸运的。

经上网查索得知，星云大师因年迈受糖尿病影响，视力模糊，所写的字都凭着心里的衡量，蘸墨一挥而就，因此称为"一笔字"。获赠作品也是如此，"仁心仁德"四字在黄缥水纹纸上一气呵成。

中国书法界书法家、名家人才济济，优秀作品，甚至神品逸品不胜枚举，同时，评论与争鸣也楚汉分界，见仁见智，但是对于星云大师书法的褒奖却异常一致，这种现象实属少见。星云大师却不以为然，如是说："我出身贫寒，字写得不好，请大家不要看我的字，而要看我的心。我有一颗赤诚心、一颗慈悲心、一颗中国心。"

有文艺界和书画领域的学者讲："看大师近作，更感到信笔任墨，收放自如，灵动自然，自成体势。""大师书法朴拙中融入圆转流动的笔法，法不求与古人同，而神亦自足，胸中无尘埃，自有艺术澄明之境界。"综合评述，无论世人公认，或是学术研究断定，大师的书法造诣、传统文化的根基都很深厚。

几滴春雨点染千里江南，一米阳光催生十年桃林。记得第一次见他所著《金刚经讲话》时，就被扉页上的一段话吸引："佛陀的一言一行都印证生命的实相，佛经的一句一偈都是治病的良药。"开卷拜读后再放不下，其来自经典的亘古原力，大师一字一句注释与引领，仿佛拨亮了心灵深处的一盏灯，思想与认识深受启迪与触动。这次，在春天到来之际，获赠大师手书"仁心仁德",能不能理解为又是一次传统文化的开示和教化？

孔子说："好仁者无以尚之"，仁是最高的道德规范。"仁心仁德"，即以仁爱之心，待人宽厚而好施恩德。言简意赅，人人都懂。现在倡导中国传统文化的人越来越多，更不乏自觉践行创新者，这无疑是整个社会文明进步、人性回归的重要标志。但是，如何将人文精神、民族意识转化为自我感知、实际行动，却是每一个人的事了。

"不怕念起，就怕觉迟"。在星云大师"仁心仁德"教诲下，扬弃过往，知行合一，始于足下是一个重要启示；继而，先从小处做起，慎思谨行，积跬步以至千里，负重而前行，应是我努力的方向。至于作品是大师手迹、仿品，或是印刷品的问题，说来重要，但换一个角度思考，仿佛又不怎么重要了。

以往，大家对艺术作品的认识，多止于美的、技艺精湛的，追求的也是审"美"体验、视觉享受和价值所在。然而，现在艺术的个性化特征日渐明显，仅仅以美的享受和价值来衡量，注定会失于偏颇。

当然，星云大师的作品无论从哪个层面认定，一定是艺术品，无须置疑。退一步讲，当真这幅作品是仿品，但它唤起了我内心的思考，激起了思想、情感的涟漪，与我的生活有对应，人生有呼应，那无疑是一件价值不菲的"艺术品"。再讨论、专注于真与仿，珍稀与大众，其实已经没有必要了。

"仁心仁德"与我结缘，给我希望，让我欢喜。唯有感恩圣贤、感恩友情，春节本是寻常事，捧得经典便不同。

匆 匆 时 光

　　七月，湿漉漉的，和雨交织的不仅是我的情绪，还有近两年的过往。似乎忙忙碌碌，又似乎没有做下什么，能够说一说的就是重新拾起了笔。旧年想"写一写"的愿望变成了现实。

　　"以写作促学习，以学习塑造自己"，是我退休后写下的第一行字。从那一刻起，我仿佛看见了夕阳折映的长虹，牵引与激励着自己，要做到不放纵，不怠工，不妄念。尽管大块时间属于了自己，文学是让我受益最多的，但是我的写作没有朝着这个方向，因为文学写作并不是凭个人努力就能做到的。定下的目标是，以文字记录日常的点点滴滴。写自己，写当下，写小事，也应该是有意义的，起码它能够从一个侧面反映出在"知天命"以后，我的人生态度,即竭尽全力和诚实地对待生活。别说,在这个目标下,走向远方,行在笔尖上,忙在锅碗瓢盆间,便有了观察、行动、思考。

不辞辛苦地写,一遍又一遍改。虽说步履蹒跚,但总算按时完成了80多篇文稿,近18万字。个别文章还在微信上得到了大家的鼓励和鞭策。我知道,粗手捏针在麻袋片上刺绣,心里注定是软弱的,也绝不可能一口吃成胖子。借助多方力量是一个路径:一是积极阅读文学作品,关注和推介好的文章;二是报名名师教研项目,得到了许多老师的悉心指导,收获了退休后的第一位老师,第一堂课。

于是,每年读了八九本书,虽然不多,却是往时的两倍。而且,阅读场地不限于书房,还读在路上,走进"故事"的故里。流水明细如下:到徐州探亲,参访汉画像石艺术馆、淮海战役纪念馆(园)。在"汉艺"第一次执布锤学拓石刻墨帖;驻足厦门鼓浪屿十五天,探访老街坊、古建筑。每天写了日记;在福州三坊七巷的严复纪念馆,读严复《天演论》;到西安美术学院看望周正、乔玉川和卫俊贤三位先生,再浴师恩;入秦岭腹地,行至老县城村,夜读叶广芩《老县城》。登太白山,重读林散之《漫游小记》;到北疆木垒村,重温作者刘亮程《一个人的村庄》,感受当代文脉;去沙漠深处的克孜尔石窟,购买《丝绸之路佛教文化研究》,否则不可能涉猎这一方面的书籍。

若论不足,也是数不胜数,点上手指脚趾也不够:其一,曾经告诫自己要多运动,这一点做得不好。借口写文稿,三天打鱼,两天晒网。其二,写文稿只会用手机手写输入,时间久了影响了视力。其三,外出日程安排过满,计划性太强,难以领略沿途的风景,也影响了读书的品质。其四,干家务的积极性和效率都不高,屡屡受批评。厨艺上,拿手的仍然是"烤羊肉串、熬皮冻、蒸烹河鱼"。

令人痛心的是,三十岁冰雪聪明的清华才女明慧不幸殒命。不及五十的杨老师,旧疾突发不治。明慧妹妹有馈赠书画之谊,杨老师更是我音乐、油画欣赏的挚友,还操劳山居装修设计。哭,无泪。感叹世事无常之余,唯有对生命、健康的兹、念兹。

人到中年行走半生,习惯轻佻油腔,老道世故了,正是写作让我找回和坚守着内心深处的"天真"。一笔一画中,回忆青春的蹉跎,重温并不如烟的往昔,感悟家人的亲情和朋友给予的帮助,又年轻了一回。开卷与行走后才知道,不读书,不出去,永远不会相信,世界上还存在着这么多超出你认知的事情。

这一段时间才两年,应该是退休生活的开始,但它是平安顺遂的,也是很好的。雨一直下,温情的,空气中弥漫轻熟的谷香。我曾经感慨地写下"初尝写作有清欢",今天我要吟诵王蒙的《青春万岁》:"所有的日子都去吧,去吧,在生活中我快乐地向前!"

相逢一碗茶

也许有一种远方是茶，也许有一种约定是偶遇，不管是与不是都是行走中的风景。这句话反映了我在白马寺止语茶舍喝茶时的心境。

出白马寺北门仅几步，一片竹林旁边竖着一杆木板幌子，上写"止语茶舍"四个字。在一个多小时游览旧建筑后，正有几分口渴、几分疲惫之时，与一个"茶"字相遇，可以比喻为瞌睡遇到了枕头。"平生于物元无取，消受山中水一杯"，瞬间决定喝茶去，不再看白马寺新建筑了。

通向止语茶舍的是一条林间小路，一米左右宽，二三十米长，碎石铺地，间生小草，上面放置了一个个直径约50厘米的石磨盘，作为行人的踏步。我弯腰观察，一扇扇石磨上斑痕累累，破损不一，个别磨盘的石臼、流水线碾磨得已经变了形,仿佛承载的不是一个一个脚印,而是岁月与年轮的负重。树林深处,一道柴门、篱笆墙围合了一座小院。三间旧屋舍相互通连,约有两百平方米,按照功能划分为茶客厅、茶座、茶舍和贮藏房间等。走进去,坐下边观察边等服务生递茶单。

茶舍房间保持着原始状态,青砖灰墙,水泥地面,家具茶器多是木质、瓷器,或手做或寻常物件。尤其是平板桌、大长凳、旧茶壶和黑陶瓷碗,以家味、老气夺人眼球。装饰也简约朴素。整个茶舍风格自然、形式妥帖,与茶契合。有座、有茶、有书、有画、有花,简单之中不失气韵文脉。

等不到人来,我就主动找服务生询问如何消费。服务生是一位小伙子,他微笑着将手指竖在嘴前并不吱声,顺手指了指两块告示牌,上书"止语""自助"。哦,我显然忽视了茶舍一而再地明示,也才知道止语茶舍的"止语",并不是追求广告效用或博人眼球的虚托,而是名副其实地践行。自助既降低人员成本,又利于茶道体验,好理解,但是在游人挤破山门的景区,免费供茶,这一点令我十分意外!

手持提梁白瓷壶,拿上一只黑陶瓷碗,自斟一碗茶慢慢地喝,一缕轻轻的茶香,拉着你陡然间从喧闹遁入寂静,感觉时光变得缓慢柔软。于茶,我知道一点,止语又是什么?从字面上讲,可以解释为禁言,但是在此时此地,更应理解为专心喝茶、品茶,专心于个人思想,修为的参悟、审视、检点,消除心中一切杂念,以达到一种不动不乱的纯净心态。

据悉,白马寺在院中设置止语茶舍,是为了弘扬禅茶文化,引导众生以禅入定,以茶开悟。这一举动,于寺院也许是举手之劳,但是却给四方游人香客提供了莫大方便,能让人在游览之余,劳累之时,暂停下脚步,体悟片刻的静谧,在茶香和焚香的作用下,沉淀一下或浮躁或浑浊或虚无的心灵。

离开时,我一次次回头,真有点留恋。也许有人会想,在家中一杯茶端起来放下去地喝,应该属于正常,外出旅行花钱又费力,不去领略异域风情,钻进茶舍茶店又是何苦呢?其实不奇怪,喜好喝茶,往往不只是消渴一个侧面,会将喝茶融入生活,成为一种难以抵抗的习性,令人欲罢不能。唐代白居易《山泉煎茶有怀》诗句给了答案:"坐酌泠泠水,看煎瑟瑟尘。无由持一盌,寄予爱茶人。"

对于一碗茶的热爱是无须什么理由,不选什么时机的,要的恰恰是这一份任性。于茶如此,生活又何尝不是?

第二辑

再品心底的味道

扫码查看

☑ 活动瞬间
☑ 滑雪课程
☑ 喀什掠影
☑ 系列好书

新　　居

到阿图什工作两年后,我等到了一套空房子,从办公室迁入了新居。也许是在狭窄的空间困得太久,也许是心中"家"的渴望过于强烈,此时站在院子里,望着偌大空旷的一个地方,想着告别了一张床、一张办公桌的窘迫,我长长地出了一口气。

新居是一套老平房。1973年由职工烧砖、脱坯、制作槽型板,兼做木匠、泥瓦匠建造。粗糙、简单是它们的特质,但是朴实中也折射出那个年代人无所畏惧、自力更生的精神。年月久了,门窗、墙体和房顶破损比较严重,但是面积有100多平方米,且有一个近一分多地的院子,足够大,足够宽敞。放在当下衡量,它应该属于别墅、独立小院一类了。但在一个边远县级市的郊外,又建于20世纪,它只是众多家属住房中的一套。像是过去的农村,不论条件多么简陋,家家户户总有几间房,一个院子,不足为奇。

出于重视"仪式感"的习惯,对这"一亩三分地"的布置我是很上心的。

一台电视机、一张三斗橱办公桌、一个自制木书箱和几把椅子摆放在客厅。计划着添一套沙发,但是因为一再忙着上山还没有顾上去买。一幅《毛主席去安源》丝织画挂在了北墙上。一把马刀、一套AiWa音响原来是放在办公室的床下,现在给它们安置了地方。卧室简单一些,一个单人床、一顶棉帐篷、一个布艺衣柜,只这几个明显的大件。

家具、电器我一直认为简单实用就好,物件多了反而闹心。相反那些"穿不挡寒、食不疗饥"的多余之物,却不可或缺。比如,桌上摆放一块石头,沏茶用紫砂壶,等等。这也是一些人讽刺我"重视仪式感"的成因。

音乐是我离不开的奢侈品。如果要选择电器,CD机永远排在电视、洗衣机和冰箱的前列。骑兵马刀、《毛主席去安源》丝织画既是我的故事,也是收入心底的藏品,必须放在眼前心里才踏实。另外,还有一个咖啡摩卡杯,我仍旧把它藏在了床下,不轻易拿出来用。免得碍了谁的眼,被编排我"刚摸上碗边就忘乎所以"或扣上"小资"的帽子。

文莱夫妇过来串门,见里里外外破烂不堪就埋怨,说:"总应该把门窗换换,屋内刷一个大白。猴急猴急地干什么,谁还会跟你抢?"

抢,是不会有人抢的。房子是单位分的,分,要论资排辈的。虽说我到单位时间不长,论及专业、贡献不占优势,但是我年龄偏大,且一直住在办公室,属于优先解决的"特困户"。当然,要挑剔毛病也不是没有。一个单干户,家不在当地,住这么大的房子,既超面积也没有必要。好在没有人较真。至于急忙入住?一言难尽。正是知道了住办公室的难,知道了失去自我的痛,所以,才懂了一个独立空间的重要性。

从表面上看,我一个人在单位,无论是住在办公室,还是家属院、单身宿舍,在性质上没有区别。实则不然。办公室属于"公共场所",公寓(家属院)属于私人空间,两者有本质上的区别。

对自己来说,住在办公室里,只要手头工作没有干完,心里就放不下,横竖不安生。在旁人看来,你人在办公室,找你谈工作、加班,甚至出于关心或凑人数,而找你娱乐、聊天和吃吃喝喝自然而然。工作与生活状态既不容易转换,两者切割又不明显,一度让我疲于应付,根本没有办法集中精力学习、思考与总结,甚至对周围事务也无暇顾及。

至于办公室夏天热,只有睡在床下的地板上;冬季夜里办公室供暖少,寒冷,去一趟卫生间要跑半层楼,等等。虽说这些让人不愉快,但是克服一下也就过去了。最难以忍受的是精神紧张。

常听人说,无论身在何处,只要思想够强大,就能够放飞心灵。我认为,这种话说一说可以,听起来也极富哲理,但是绝对不能当真。生活上的困顿不足为惧,可怕的是对自由与精神的禁锢,会影响和决定人的性情、思维和追求。

相比楼房,我更加偏爱有院子的旧平房。因为我知道,我需要的不是遮风避雨的"房子",不是享受生活的物质,而是一个身心放松的空间。院子里宽敞、静谧,尤其是树木阴阴,恰恰趁了晴耕雨读的心意。

看看,一棵高高的毛桃树、两棵无花果树、两棵石榴树和几棵葡萄树,占据了我院子大部分的地方。树不仅点染了红砖房、泥土墙,也给看似陈旧斑驳的院子填充了勃勃生机。

围绕着树,我用红砖砌了一道矮花墙,人可以坐,亦可以摆放花草盆栽,天成了一个门前庭院。剩下的地方种植了瓜果蔬菜。平时待在这里的时间,远超过客厅和卧室。

过去,囿于办公室,蹲在"猫耳洞",曾经让我疑惑,一次次拷问:撇家舍业地跑到这里来是为什么?这日子熬到什么时候是个头?真有必要吊在这一棵树上吗？当然那是特殊环境下的感性认识。家人节假日可以来了，业余生活丰富了，心神不再飘忽。现在我想法变了：工作就是工作，到哪里都是干活，干就干好呗。人自在了，心也就宽了。

早　晨

　　树林掩映中的小广场是我的"阵地"。只要不下雨，每天早晨7点左右我就来到这里，刮风起雾都不影响。比我早的是几只斑鸠，"咕咕，咕咕"见到人不是飞起来，而是扭扭头，耷拉着翅膀，小脚步跑开。场地边上有块一米见方的岩石，青褐色，棱角分明，石面平整光滑，四周布满了阳光锈和雨渍的斑点。我把随身携带的布包放在石头上，掏出小音响，在八段锦的音乐中，我随之做拉伸。

　　天气好，这时间晨曦就朦胧显现了。阳光顺着高大笔直的落叶松照进来，一道道映印在地面上。小草和枯叶随之被点亮，林间随即就飘起烟尘状的水汽。阴天没有了光线，云翳灰蒙，反而激活地面水汽与空中雾气的张力，把四周的所有拢得严严实实，许久许久不愿放开。无论晴与阴几乎于我无碍,因为几套拳剑打下来,足以在雾帐中扯开一度的空间。一个人晨练,一个人据守这个地方,仿佛也就有了我的记号,也觉得这个地方属于我。"你每天在哪锻炼?""他呀,就在小广场南北过道上练。大石头那里。"不用我回答就有人抢先回答了。因为许多人都知道我早晨在做什么,知道我在什么地方。"晨练的人多吗?""北面广场上常有几个做器械健身的,这几天又新来了两位打太极拳的老人。"我说。能在冬天的早晨出来的,多数是运动惯了的人。打太极拳的是一男一女的老人,应该有七十岁了,一看就知道练习时间不短,看动作像是杨式太极拳。穿红色运动装的老人在单杠上做动作,从远处看身形怎么也有六七十岁了,但是身体板直、灵活,说不定是运动员出身。"跟你打的拳一样吗?""差不多,但是他们不习剑。"我抬头望了望回答。打过几套拳身体就热了,脖子上出了微汗。石头旁边的树木也在此刻吐出了清香。幽幽浮浮,一阵浓一阵淡,像极了不远处小学校园的风铃声。

我拿出伸缩剑,转入晨练的下半时。近些年,多数时间我是一个人晨练,之所以没有加入旁边的队伍,是因为早上要送小孙女去幼儿园,在作息时间上不一致,所学习的内容也不同。这让我常常想起过去跟师傅和拳友一起锻炼的场景。既然早晨习练太极拳是生活的功课,有条件要练,没有条件也只能创造条件了。能与众人一起晨练当然好,相互学习、切磋,彼此有个照应,也想着过几天调整一下作息时间。不行就自己练。

认识或者熟悉一个地方并爱上它,我的路径也是始于适应,始于早晨,始于行动。从晨练的活动场到菜市场,到超市、洗衣房、缝纫铺,之后是阡陌街道、环境、气候、历史和风俗。不仅是衣食住行、待人接物,还有喜怒哀乐。人融入了,自然而然成了主人。上班的时间到了,驾车、骑自行车和步行的人陆续聚集过来。原本在操场、楼旁、林带的鸟儿一群一群地飞进了林子，"嗖嗖"地落在树枝上，"扑扑腾腾"飞起来，鸟"叽叽喳喳"。我抹一下头上的汗，背上布袋缓步而行，心神宁静，步履轻盈，浑身放松，感到几许略带倦意的甜美。

金 银 花

　　"这包凉丹子,你俩带上。"天刚麻麻亮,见我和表弟宝胤准备出门,母亲把装有金银花的信封递给我。

　　"不用了,怪麻烦的。"我心不在焉地说。

　　"拿上,有用。"母亲说话语气转硬。宝胤连忙说:"拿上,拿上。姑,我们走了。"我接过来塞进了书包里。

　　金银花,药名为忍冬,因为一蒂二花,初开白嫩,经风吹日晒后变为金黄色,白黄相间,故名金银花。家乡人按照它祛邪、散风热和清解血毒的药性,俗称为"凉丹子"。宝胤是我老舅的二儿子,小我两个月,个头、模样与我相仿,但他一直比我壮实、聪明、有悟性,学什么都快,都像样。相比较,我上学时成绩略微好一点,其他都比不上他。倘若两人以金银花作为比拟,他一定是金花,我则成了瘦弱的白花。虽说我俩是一起长大的玩伴,但他一直喊我表兄,从来没有喊过一次名字,也不曾喊过名字加表兄。

那年,我们16岁,高中毕业后到天津第二玻璃厂当建筑临时工,一两个月回家一次。从家里到厂里有30多公里乡村路,我俩骑一辆自行车,必须猛蹬两个小时才能赶上吃早饭,不误上工。吃早餐是一种待遇。

家乡冀东是鱼米之乡、文化之乡。玻璃厂所在的宁河县以前是蓟运河、还乡河下游的荒芜之地,随着改革开放的深入,又占有直辖市的地缘优势,改变已经不是一丁半点。虽说两地相隔不远,一衣带水,境况却有天壤之别。

玻璃厂初建,厂里的职工由天津市与宁河县抽调的各类人员组成。基建由建筑队承建,人员都是来自农村的。宝胤早我半年出来,基本掌握了砌墙、电焊和钢筋工的技术,跟着师傅干半大工的手艺活。每天工钱1.5元,不分大小月一律45元。我体格单薄,缺乏基本技能,一直干筛沙子的杂工,每天计时计件1.2元,每月36元。

现在看,做建筑工是粗活,力气活,不起眼。但在当时能找上一个拿工钱的事已十分不容易,是一项让周围人羡慕、体面的工作。厂里一再宣传从我们建筑队表现突出的人中选招一批临时工。我已来了一年多,也没见招收一个人,但是这个"可能的机会"始终是我追求的目标,动力也在于此。

玻璃的化学成分为二氧化硅,它的生产过程,是以矿砂、河沙为原料,经地火煅烧而成。这个玻璃厂虽说规模不大,但制造玻璃的工艺却是引进的先进技术,在全国同行业中处于领先地位。就是这样,机械化的程度仍然很低,除了运输矿砂使用汽车外,其他的选矿、煅烧、压延、切割和冷却都是靠人工操作。一旦被选入厂,许多工序上我都可以干。这个工作虽然我们趋之若鹜,但它是重体力,厂址又偏远,城里人根本看不上眼。

厂里缺编严重,我觉得有希望了。

筛沙子十分简单,一把铁锹、一个方框形大铁网筛子,从车上卸下沙子,用铁网子过滤掉混在其中的砾石、土块、废铁和树根等杂物就行了。关键是累,每天要干10小时以上,一个人要筛掉20车左右。一天干下来胳膊、腿都是肿的,浑身酸痛。闹胃病、拉肚子是常事。夏天酷热,上身只能穿一个二道背心。长时间暴晒,脖子、肩膀和胳膊脱了一层又一层的皮,皮肤一块黑一块白的,疼得不敢用手摸。冬季风寒,手冻得皱得伸不出来,手指像树根一样,粗糙干瘪、僵硬;手掌虎口、指关节上裂开一道道口子,不时渗血、起茧子,抹凡士林,缠胶布,手还是拿不住筷子。每天最大的愿望就是太阳快点下山,天早一点黑。

几次,母亲担心地问我:"累不累,受不受得了?"我不敢说实情,就搪塞说:"我厉害着哪!干完活,还天天打篮球。"

高考落榜,自己一直愧疚自责,深感对不起父母。母亲之所以同意我外出打工,不完全是为了几个钱,更主要是看我心里憋屈,权当是换一个环境散心。为了给我带上一些金银花,她一朵一朵摘下,再端进来、端出去地晾晒,又一颗一粒地挑拣,说不尽心里有多少惦记。

说天天打篮球也不完全是慰藉母亲的虚辞。王副厂长是北大荒知青,返城后从基层干到了领导岗位。他个子高,爱体育,经常带领厂里一帮人与附近单位进行篮球比赛,取得过县二轻局系统亚军的好成绩。我是球队唯一的打工仔。由于速度快,篮下攻击力猛,防守反击屡屡得分,已经是球队的主力后卫。能够打篮球,也是我每月36元工钱之外的又一动力。其实,苦点累点真的不可怕,只要不生病、不出意外,人的力气是使不尽的,再累再疼睡一觉就缓解了。重点是未来有盼头儿,生活有乐趣。

为了确保玻璃厂煅烧锅炉"十一国庆节"点火献礼,八月份以来紧抓建筑进度,我们倒班连轴转,上上下下人困马乏。我庆幸身体挺给力,一直顶得住。谁料一语成谶，凑巧就出了一次小意外。

一天上午我到二楼送工件时，连续来了两三辆沙料车，有人就喊我："下来，快下来，再不卸车，都堵死了！"

一着急，我攀着二楼栏杆就跳了下来。也是慌不择路，忙中出乱，谁料想踩到了一块有钉子的木板上。一个大钉子扎穿鞋底、脚心，直接扎穿脚背。一阵钻心疼痛，让我身体失衡，一头栽到地上，又磕破了脸。趁着火劲我一下子站了起来。只一会儿就剧疼难忍，抱住脚跌坐在地上了。

宝胤和工友们跑过来，见我脸、脚都在流血，决定将我送医院。可是木板和钉子拔不下来，木板又很长，没办法动弹。只有把我扶起来，往脚下放一个凳子，用手锯把木板子的两头锯掉，只剩下半尺长左右，由宝胤用自行车驮着我往驻地卫生所跑。

医生诊断，认为脸上不打紧，但对脚上的钉子感到棘手。让我先抱着候诊室的大排椅，医生护士往下拔，结果一使劲，人与排椅跟着移动。又让我躺下，一只脚抬起来踏着门框，督促宝胤说："你拔，否则时间长了，钉子上的铁锈会感染血液，导致破伤风！"一听这话，我觉得问题严重，闭着眼睛喊："宝胤拔，拔。"宝胤无奈，也一条腿踏在门外的门框上，一咬牙一跺脚，拔出来了，弄得满手是血。终究他比医生护士力气大！

一位护士边清洗包扎，边问情况。听说我俩来自冀东，就讲，她曾经在我们家乡的镇医院实习过。之后，见我俩兜里没有一分钱，又慷慨地为我垫上了3毛6分钱的医疗费，一再说不用还。嘱咐我们，疼点没有大碍，一旦发烧就有感染危险，赶紧来医院。

万幸，我没有发烧，但是脚掌脚底发炎了。从下午开始肿不断加剧，脚几乎成了一个大红薯，之后腿部也见肿。疼得我抱着腿在床上滚来滚去，控制不住地呻吟。夜渐渐深了，闹得工友睡不安稳。我想这样不行，就从工棚一点一点移到工地上。四周一片漆黑，风嗖嗖地吹，狗在不远处一声声地叫。为了控制肿胀我头朝下,脚朝上倒躺在沙堆上,疼痛不见减轻,加上又冷又渴,我的意志崩溃了。折腾中我摸到了装在裤兜里的一瓶花露水,拿它本来是防蚊虫的,顾不了那么多了,我拧开瓶盖就咕咚咕咚地喝了下去。别说,在花露水辛辣强烈刺激下,仿佛减轻了一点痛苦,谁料才过一会儿剧痛又起来了,并开始呕吐。最后我只有一个念头:快一点天亮,一定要去医院。

宝胤找来了,把我背回工棚,但是天一直没有亮。他显然对我的举止不满意,问:"姑给的凉丹子呢,扔了?"我急忙说:"在,在。"他找出来沏水,沏了一饭盒又一饭盒,我真的疼死了,渴死了,喝了吐,吐了喝。不知道我是疲惫至极,还是灌下的金银花汤有效,抱着床帮我迷糊了,梦见我回家了,我家后院一架金银花盛开。花丛间白蒙蒙金黄黄,灿若繁星。醒了,我抱着脚叹息,心里琢磨,人不如花草呀!

几天后,我左脸颊上的伤结了疤,走路还一瘸一拐的,但不耽误筛沙子。傍晚,王副厂长喊我去,才知道今天打比赛输了。他问我为什么没有去打球,我急忙告诉他,脚伤了不能走路。陪我去的宝胤也一再解释伤得多么厉害。可能是我们态度诚恳,又见我瘦得脱了相,他动了恻隐之心,脸色慢慢缓和了,说:"噢,伤成这样?当心点,小身子骨不要搁在这儿了!"

我不知道哪来的勇气,问:"厂长,您看我们有可能招工到厂里吗?"他扭开头,避开了我的目光,语气柔和地说:"不可能的。"我又补充问:"是当临时工?"他低头喝了一口茶,缓了一口气说:"不可能。你不是天津户口。"见我和宝胤一直愣着,他肯定感觉到了什么,就提高语调,说:"对了,新疆农场来招工了,正式农工!""是吗,是吗?"我有几分激动!

回工棚时,天上已是新月初上,夜风吹拂,我抬头望着西方对宝胤说:"我要去新疆!"

辣 椒 酱

　　当色彩斑斓的草木装点了原野,秋风在耳畔的呼唤越来越响之时,我味蕾记忆犹新,忽然想到了辣椒酱。这里说的辣椒酱,不是市场销售的瓶装、袋装的那一种,而是我家自己腌制的小菜。辣椒酱中辛辣的激发,酸甜的温和,红青色泽的诱惑,加上制作时的喜悦、充实,让人欲语还休。与迷人的秋景一样,让我兴奋、期盼和眷恋。

　　新疆是大田辣椒的主产区,地幅广阔,土壤肥沃,气候适宜,每年都会收获近千万吨的辣椒。十月是辣椒季,田间、地头上一车车的红辣椒、青辣椒,市场上更是堆积得像小山一样。仿佛是土地母亲担心孩子过冬食物储备不足,慷慨地给予,唯恐不够。

　　辣椒的集中上市,让人喜忧参半。喜的是产量大丰收,忧的是存储与再制作跟不上,面临雨雪的毁伤。这个时间遇到辣椒,你不要问价格,问的结果一定是提一兜子回家。如果担心大包小袋从市场提回家劳累,不方便,商贩也有预案。每天清晨或者傍晚会将一车一车辣椒拉到各个小区的门口,车厢上悬挂着醒目的牌子,或干脆拉一个条幅:拾元十公斤! 一元一公斤! 无论你出门、回家,必受诱惑。

一元钱能干啥? 仅仅是一包餐巾纸、一个口香糖、一瓶矿泉水的价格,竟然可以买一堆辣椒,价钱便宜得近于白给。左邻右舍与我家一样,辣椒一定会占领厨房、阳台,让人几乎掉进辣椒堆里。满眼红的、青的辣椒,长肚子、元柿子、望天霸等品种多样,四处散发着清爽、辛辣味道,总是让生活有十足的踏实感。

对于辣椒我家会分类处理,已经成熟的用针线穿梗,一串一串挂在晾衣架上,使其自然风干。青涩的辣椒投到咸菜缸里,或是爆炒上桌。相比之下,丰硕饱满的辣椒最多,最受重视,它是剁碎制作辣椒酱的主要材料。

制作辣椒酱的方法简单:先把精选的长辣椒、圆柿子辣椒晾晒几天,通过萎凋脱去一部分水分,然后与少量的生姜、葱白和大蒜一起切剁成小碎块,装入大玻璃瓶或者搪瓷罐中。再放少许的花椒、白酒和盐,经过七至十天的轻度发酵,即大功告成。随后的日子里,一点一点盛出来,边食用,边储存。一次一次重复制作,直至秋去冬来。

制作辣椒酱,一些家庭只选青辣椒或红辣椒做成单一色泽的,也有掺和一些白萝卜、胡萝卜、洋姜和芥菜头等,做成混杂的。我家习惯于按照青红辣椒,辣与不辣的各选一些,不再掺其他菜品,尽量少放盐的做法,也不切剁得太过细碎,保留鲜嫩、爽脆和颗粒感,力求轻辣微甜淡口。坚持下来,也逐渐成俗。

辣椒酱,味道独立,既有咸酸辣味,又相对口轻、不火辣,可单独食用,也可以与其他食物配合烹调。早晚餐时,夹在饼子中或在稀饭上放一勺,可以专门咬嚼其独有的清脆、酸辣;午餐时,将辣椒酱、面酱、肉末一起爆炒,作为炸酱面的佐料或是浇油制作剁椒鱼头。做汤、炒五花肉、清烧蔬菜用以提升味道,也是不可缺的。

每当在外面吃喝腻烦了,一勺辣椒酱就足以使我胃口大开。每次出门时间长了,口舌长草,特别期待能有这一口辣椒酱。入冬遇有感冒发烧,食欲不振,吃上辣椒酱心里就顿生温馨,口舌生津。用处之多,味道之美,自不必说。

当然,这类小菜也不是近年所创。小时候,乡下日子贫苦,优质蔬菜要上交任务,或是上市换钱,只有用产量大,价格低的大田蔬菜进行腌制:一是惜物不糟蹋东西,二是调剂生活所需。与当下专门腌制冬菜,追求生活个性,有明显区别。这种秋后农家独有的味道,只有六七十年代前出生的人才懂得,才珍惜,也渐行渐远成为传统。

现在辣椒酱制作完全工业化了,各种质地品位应有尽有,像海南黄灯笼辣椒酱的咸辣、老干妈辣椒酱的油香,各有特色。但味道上总与我家的差一点点。如果你说我老了,怀旧了,我不否认;说我见识短浅,落伍固执,那也不完全。事实上,只有我家辣椒酱的酸是淡淡的,辣与咸是刚好合适的,让人口感妥帖,且有一股清香让我深藏在心底。

种　　菜

　　坐拥一个小院,种植一块蔬菜,这种田园牧歌的景象,想来固然时尚,但是干起来,它真不像摆弄几盆花草那么轻松。"兴趣"之下,吃苦受累必不可少。

　　窗前大块的地方种植辣椒、黄瓜、西红柿,经年换茬也会种豆角、茄子;墙根、树下零星点几粒玉米籽、葫芦籽、三七籽。这样高低参差,或疏或密,形成相互照应之势。虽说所选品种普普通通,但是它们易成活,好打理,能将空置地方充分的利用。

　　天山以南,春季寒冷,干燥少雨,采用塑料薄膜覆盖保温保湿,利于种子发芽,提高出苗率。薄膜不值几个钱,铺起来技术含量也不高,关键是要掌握好节奏。一旦气温上升,蔬菜秧苗壮实了,就要及时揭开薄膜,通风补光。揭膜不能一刀切，先在靠近秧苗的位置挖出一个洞口，其他地方继续覆盖保墒。

不使用农药、化肥、生长素，就要在除草、捉虫和打杈、施肥上下功夫。俗话说得好，人误庄稼一时，庄稼误人一年。别看院子就是几畦蔬菜、几棵丝瓜、葫芦，田间管理的事却不少。哪一样活计不过手，转天定然吓你一跳。上班不能耽误，也不能影响"正事"，只有按照季节时令，排出轻重缓急，利用一早一晚搞会战。

西红柿长到一尺左右、七八个旁枝，就要插杆固定。材料以树枝、竹竿为首选，不宜选用易晒热、脆碎的金属、塑料制品。这两年，我一直采用手指粗、一米多长的竹竿，四根一组插架，不仅叉长得结实，也便于调整高低、角度，看起来整齐划一。秋后拔出来，擦拭一下，来年可以重复使用。田间管理主要是掰丫杈，宜在早晚进行。这时间丫杈嫩，一掰就能断，不损主秧。三四天找一次，随长随掰，防止丫杈长疯了，抢夺主秧的营养。

辣椒种两三畦，有朝天椒、猪肚子椒。分沟培埂栽种，沟埂选南北方向，易通风日照。辣椒宜疏喜阳，浇水要见湿见干。春季严防"地老虎"等虫害。这样下来，整个夏秋季红的、绿的不断档。现吃现摘，新鲜营养，吃不过来的可以串起来，挂在墙上晾晒。青一串、红一串的，最有韵致。

韭菜简单省事，入冬时铺上一层马粪，开春时拨拉几下板结的浮土，勤浇水、多施肥，它就放开长了。每茬可以割上几公斤，包饺子、炒鸡蛋取之不尽，用之不竭。抽出来的韭苔，腌制两三天便成酱料，更是早餐上的绝佳小菜。

此外，菜地施底肥、追肥选用的是马粪羊粪。且不说绿色、廉价和肥力充足，次生出的野菜也讨人喜欢。马羊在山上吃的料性杂，粪中多留有消化不掉的野草籽，一经浇水，地上就长满了苜蓿、荠菜、苦苦菜、蒲公英等。采摘一篮，简单清洗、焯水就能端上餐桌。山野蔬菜淡爽鲜嫩的美妙,几乎能与山珍海味一比高下。

来访者对于我"精湛"的园艺以及小院的田园气息,往往会惊叹不已。"太棒了""是你自己干的吗?""真是卖力气呀,买菜的钱都省了。"肯定的、怀疑的、嘲讽和羡慕的话不绝于耳。况且,院子里除了果树、蔬菜外,几乎没有观赏类的藤木花草,这一点也受人诟病。有人一边吃着我种的黄瓜、西红柿,一边下指导棋:"靠墙栽几棵毛竹,配上几杆红红的枸杞子,实用又耐看。"

遇到肯定、赞誉的,我通常会顺竿爬。自吹自擂:"其他方面我拿不出手,干农活我却是行家。别忘了我祖上'八辈子农民',可是正宗家传。"至于负面评价,我自然不会在乎。我知道,每个人的经历、性格和自我定位不同,对特定事物的感受、认知自然不一。玩笑是玩笑,但扪心自问,我能懂一点农技,耍一耍"二把刀",确实应该归功于生长在农村的特定优势。

以前,少不更事,对于出生乡下说不出口,放大了那里贫穷、落后、见识短的缺陷,忽视了广阔田地储藏的"富裕",其中,包括人性的光亮、感情的真挚以及对大自然的尊重。辩证讲,农村也有长处,并非一无是处。它能够使人们领略到土地、天候、民风民俗的神奇,感知人与自然、人与动植物、人与社会的天然联系。就我而言,正是那一段岁月,才使我知道了土地母亲这一形容词的深刻含义,体验了农村人的不容易,懂得了"四海无闲田,农夫犹饿死"的根源。种地它不仅仅是一门实用技术,而且还是人们得以安身立命的"心智"源泉。寥寥几棵蔬菜秧,摇出了阵阵乡野风。

葡 萄 架 下

一方水土养一方人。

阿图什人对葡萄情有独钟。庭院、大田栽种，住楼房的人也不会忘记在阳台花盆里栽上几棵。作为阿图什人，我也以葡萄为骄傲。院子里不仅栽葡萄，还愿意在葡萄架上下功夫。当然，葡萄也没有让我失望。它不仅给我带来了一份甜蜜、一种乐趣，那累累硕果还是我呼朋唤友的借口。

新葡萄架以杨木为材料，高5米，宽3米，长有10多米。说是进行了维修，其实只留了原架上的几根圆木，等于是新建。木料、加工和施工等费用花掉了我大概几百块。

"又鼓捣葡萄架？真是舍得花本钱！"凯山见我新修了葡萄架，且工程繁杂，就话里有话，态度明显是不赞同。

"反正要修补，就一次搞到位了，"我边沏茶边解释，"快坐，快坐，摘葡萄不劳你动手。"

凯山是我老乡,学财经出身,智商高,又不乏情商,在机关混得风生水起。虽然小我十多岁,但是在职务、权责、学识和为人处世上都强我一大截子。每每论及一件事,总是分析、判断地梳理一番,把握与拿捏得十分到位。这一点,我自叹不如。推崇之余,偶尔也感觉他有一点过,少了些情趣。

去年,当他知道我要搞葡萄架,就反复告诫:"栽葡萄不如买葡萄合算。"还有,他摘葡萄吃的做法我也不敢恭维。站在葡萄架下,这串葡萄上摘两颗,那串葡萄上摘两颗,吃没有吃上几颗,却弄得整串葡萄破了相。所以,他每次来我都要"热情、周到",他说什么不重要,重要的是,要严防他动手。

院子的葡萄是先前住户留下来的。原有三棵白木纳格葡萄、两棵红木纳格葡萄。我住进来又补栽了四棵新品种的木纳格。新老葡萄都是名品,只是葡萄架年久失修,低矮、窄小,快兜不住葡萄枝条了。今年雨水勤,葡萄秧越发茂密,再不维护恐怕会塌架。不修怎么办!

"木纳格",原意为水晶珠,或是像水晶珠一样晶莹美丽。

苍藤蔓架覆檐前,

满缀明珠络索圆;

赛过荔枝三百颗,

大宛风味汉家烟。

这是清朝萧雄《瓜果》组诗中,题记"木纳格"葡萄的一首。原注中称,"这种葡萄盛产天山之南的古疏勒地区,品种极其古老,比白葡萄大而稍长,色分三色,皮稍厚,有核"。同时,又注记木纳格葡萄实为西域名品。

木纳格葡萄适宜在海拔1500米以下生长,最佳栽植区域为海拔1300

米左右。阿图什海拔适宜，沙石土壤，四周环山，正是它生长的优良环境。加之这里昼夜温差大，日照时间长，降水少，糖化程度比较高，吃起来果肉结实，味道甘甜。

葡萄品质好，数量又多，既当日常水果吃，又是家庭创收的主要来源，自然而然进入了寻常百姓家。

每当夏秋季节，许多人家会在葡萄架下放一张床或是铺上一块地毯，围坐在一起吃喝，闲适。对于这种节奏缓慢、处世淡泊的古朴民风，不欣赏的人往往评价为"懒散、享乐"，我则醉心其中。这也是我在维修葡萄架上不吝啬的重要原因。

傍晚，葡萄架下是我待人接物的客厅。除了凯山来"上课"外，同事李森会常来。他人不到四十，离异多年一直未找，忙，顾不上是一方面，被伤太深应该是主因。与我同是单干户，但他往往标榜与我不同。挂在嘴上的说辞："我是真和尚，他是假道士。"常说的话还有，"人如其名。看我的姓名含着四个木，浑身都是才华！"随后就是一阵爽朗大笑。

只有我一个人时，他就不再客气，一只脚踩在椅子上，摘吃葡萄不耽误说话："我是白乐天，不学陶渊明，让它黄芦苦竹绕宅生。"

所言不假，他的院子不仅撂荒得踏不进脚，适合养"聊斋"小动物，而且室内也有"高冷"之风。偌大一个客厅，墙上挂了"马克思、恩格斯、列宁、斯大林、毛主席"5幅画像，放了一张木桌，一把椅子，再就是书架、书台和堆叠的书刊。我第一次去吓了一跳，心想：这哪里是家。怪不得大家说他四不：不出门、不花钱、不示弱和不食人间烟火。果真如此！

不过，支撑他癫狂的并不是虚托。30岁就著书《美国是可以战胜的》，曾轰动一时。近年痴心研究"诺贝尔奖学金"。据他讲，仅仅是建立理论体系，为创建新学科奠定基础……不仅跟我这么讲，后来作为自由撰稿人在央视也是这样"云里雾里"。回过头来说，把他硬放在基层，别人不理解他,他有劲使不上,确实不应该。

棋友晓亮、高明偶尔会来摆上一盘。晓亮的围棋走的是象棋路数,类似"当头炮,把马跳",跳过布局直入中盘。见吃就叫,逢劫必打。这种招法,注定难占上风,但他在棋外找心理平衡。说:"你这木纳格葡萄不行,核大,口味偏酸。我院子全是无核白,味道好还结果多。"他是从吐鲁番调动过来的,那里盛产无核白。下棋输了,就借机褒贬我一番。

高明是机关下来代职的,棋风如作风,布局严谨,行棋稳健。三人轮战他胜多负少。偶尔"小河沟里翻船"也会自圆其说,"啊!光顾想事儿了,"或者"你明天出差,我送上你一个好心情!"葡萄架下的"种子",二十年后仍在发芽。棋,我俩从阿图什下到了乌鲁木齐,他调青海后又下到了网上。他棋风、话风依然。

午后,这里是我一个人的天地。既可以翻书读报,也可以听音乐打个盹或是无所事事地发呆走神。目光跟随阳光穿过葡萄架映照地上的光斑游动。

不过,才迷糊一会儿,就会被勤劳的小蜜蜂吵醒。这些小精灵有的扇动翅膀在小米粒一样的葡萄花里采集花蜜,有的干脆趴在葡萄上挖地道,啃咬葡萄果肉,汲取葡萄汁。看来,不仅人喜爱葡萄,就是小蜜蜂也愿意以葡萄为口粮。在它们的忙碌下,浓郁香甜的气味飘满每一个角落,仿佛空气中的葡萄蜜汁"垂涎欲滴",馋得你不由得站起来,摘下一串与它们共同品尝。

晚上就更加清静了。一个人坐在小木凳上,捧一杯热茶,近看一串串葡萄,仰观满天星光,任思绪飘忽不定。常感叹"人生各自有穷通";有了这么一块小天地,使我浮躁的心得以抚慰,使我不再恋慕虚荣的奢华,过上了平淡又不失趣味的生活。恰如诗歌《远景》所说:

"当人的栖居生活通向远方,在那里,在那遥远的地方,葡萄季节闪闪发光……"

两　只　鹅

"噢,养鹅了?"

往往话音未落,两只鹅已经张开翅膀,伸长脖子,"扑棱棱"冲了过去。被木栅栏挡住了,仍然"哦哦哦"激烈地鸣叫。

它俩是我从巴扎(集市)上买来的。当时我问小贩:"下蛋吗?"

他回答:"下蛋的鹅谁会卖?老鹅,吃肉是一等的。"心想,老不是毛病。于是选了一公一母提溜回来。

公鹅鹅身白色,头、颈和背上灰褐色,头顶上长了一大坨额肉,两只翅膀毛糙糙的,像是沾了一条条枯树枝。母鹅浑身通白,羽毛顺滑,腿和脚蹼上布满暗黑色的皲裂纹。别看买来时间不长,它们似乎有认家认人的天性。我出出进进，凡有陌生人来，不仅厉声叫喊，还会像武士一样情绪高亢，厉害得超出想象，看家护院的作用不亚于狗。

说起来，养狗、喂鸡我都曾经设想过，偏偏没有想过与鹅有什么事。不怪别人诧异，就连我自己都觉得好笑。每逢有人询问，我会解释："种菜需要农家肥，而我想吃烤鹅蛋。"鹅粪用来肥田，菜叶菜瓜是上好的鹅饲料，这一点容易理解。至于其他，大家知道是玩笑话。事实上，它们是我"请"来的"伴儿"。

当我们独处的时候，也还是自己陪伴自己，这是普通道理。人是人，鹅是鹅，鹅除了下蛋、吃肉、看家外，很难想象它对人会有其他帮助。这一点我懂。但有病乱投医，我的本意还是，设想通过养鹅带来一些改变。

说起缘由，让人耻笑。有一段时间我偶尔会有心弱、恐慌的孤独感。虽说它是短暂的、轻微的，自己也能缓解，但它终究是个事。分析症结，除了自身的心理、胆气和状态外，应该与院子的偏僻、空旷有关。

这里地处单位大院落的西北角，横竖几排的房子多数坍塌，遗弃了，许多地方土砾、碎砖堆成了小山，长满了半人高的杂草。加上院子里树多，长满蔬菜，天黑以后荫蔽、雾气和霉味就越发浓重；加上就我一个人住，极易招引鸟虫鼠猫等光顾。白天清平无奇，入夜后又是一番景象。总会有一两只猫，偶尔还会有黄鼬趴在墙头、屋檐上。那一双双泛着绿光的眼睛，像小探照灯转过来转过去。估计，它们虽然警觉地盯着窗户里的我，但更主要的目标是院子里的老鼠。只要我走出去或是屋内有了响声，"小电灯泡"瞬间消失。看上去没了迹象，但是我仍然能感觉到它们的存在。偶尔推门，漆黑的院子顿时"扑扑啦啦"乱成一团。飞上天的，蹿上墙的，地上叫的，惊得人很长时间回不过神来。

心想，这个问题一定要解决。养一条狗，按说有必要。从一开始我就在想这个问题。之所以没有养，纠结点是我经常上山、出差，没有办法照顾它。此外，单位上有人养狗成"疯"，不仅把工作犬抱回家当宠物，还不择手段从境外弄来"纯种"狗，把一件极为平常的事弄得是是非非。我不愿意这个时候再掺和进去。

一次，老刘来串门，天色有点晚，猛然遇到"隆重"欢迎，气得他扯着嗓门喊："什么玩意，什么玩意。"他本来是约我第二天上山挖草药，一惊一闹后，直接给我讲开了"养鹅和养生"课。

"养一条狗，必须养。"他严肃地说。我讲了养狗的顾虑，他想了想，修正为"养鹅。"

强调，鹅容易喂养，且鹅毛、鹅粪奇异，小动物沾上后会感染"鹅口疮"，是许多禽兽的克星。还讲，鹅历来有仙禽之誉，不仅能够看家护院，还可以起到避邪壮气的作用。

这么神奇？我持怀疑态度，担心养了鹅会乱上加乱。事实证明，他的话是对的。

放了两只鹅，院子清静多了，再没有发现"夜行者"，或者仍然有，而我也不再关注了。

少了干扰，坐在屋里、院里喝茶、读书，神思不再游离，人也不像以前那么敏感了。这是不是人与环境的"蝴蝶效应"？

对此，老刘认为是风水，即：一个好的环境能够从正面激发居住者的潜能，反之则让人心情抑郁，甚至影响人的发展进程和身体健康。至于他的观点对与不对不重要，但它使我明白了一个道理：人向往的环境其实是内心的空间、心灵的感受。即，"离自己内心近的地方，尽可能地宁静；离自己内心远的地方，尽可能地热闹"。

当然，观察鹅的习性也很有趣。

公母鹅间很少有互动。除了在一个料盆觅食外，多数时间是各自梳理羽毛，扑展翅膀，用嘴铲洒水珠清洗颈与背。唯有晚上才会卧在一起，但仍然是各自将长长的脖子弯到背上，或是将扁扁的嘴藏进翅膀里，在清凉的晚风中，做着似有似无的梦。

如果我几天不在，它们也会有感觉。见我进门就急忙扭着圆滚滚的身体走过来，头侧歪着，用一双黑黑的眼睛盯着我，嘴中发出"哦哦"的喃语。只一会儿，又摇摇摆摆地走开，不再管我在不在了。

第一次拉它俩去河边洗澡，不知其习性，下水后怎么也捉不住。一直追到天黑，在我几乎放弃的时候，它俩却自己走上了岸，乖乖地卧在车轮子旁边打起盹来，让人又好气又好笑。再去放，索性将它们扔进河里不管，任其游远游近。

几年下来，它俩对这里的一切似乎适应了。额头越来越红润，叫声清脆响亮，羽毛也泛出了油亮洁净的光彩。其间还发生了一件出乎意料的事。

一天，王行到培训队找我。培训采取封闭式管理，不允许请假、外出，我已经一周多时间没有回家了。"有事吗?"我问。

他两手握在一起举了举，笑着说："鹅下蛋了!""什么，什么，怎么可能?"我多少有些意外。"你喂鹅有功，奖励给你，吃掉!"王行是单位新招的同事，才17岁，安徽淮北人。人勤奋、踏实，喜欢到我这里找书借书，有我房子的钥匙，也帮忙浇菜、喂鹅。

等到培训结束，我已经把这件事忘掉了。进屋发现桌子上摆放了一个腌咸菜的玻璃罐子，罐内存放了三个鹅蛋，青白色的蛋壳上写有几个铅笔字，分别是，"3月26日、4月2日、4月15日"。

两只鹅引发的一些琐碎事，让我体会到了许多不同，也越来越喜欢它俩"哦哦"的叫声和守土有责的"凶"样。

腊 八 菜

腊八菜,是我家每年腊月都要制作的一种小菜。

现在,腊八蒜、腊八菜家家户户都做,虽说用料、做法不尽相同,但是大同小异。我家腊八菜的制作方法,就是按照腊八蒜的做法而做的。

当然,操刀制作的主角,永远是女儿眼中的"大美",她自称为老妈子的内当家。虽说她生长在新疆,或是受安徽母亲、河北婆婆的影响,或是基于生活中善于观察的习惯,在居家过日子上,颇有一点传统观念。腊八蒜、腊八菜按时按量从不耽误,尤其是对于腊八菜的选料、制作,也一点不马虎。

食材:以胡萝卜为主料,胡萝卜通常选黄色与红色搭配使用;以大蒜、葱白、生姜和小辣椒等为配料。辣椒一定是新鲜的红、青朝天椒,这种辣椒小、辣、色足。

制作步骤:将胡萝卜切丝,生姜切片,葱白切段,大蒜去皮,辣椒洗净,一起混合装入玻璃罐(瓷、陶)。再将食用醋或米醋放入花椒煮水烧开,放凉后将花椒捞出,加少量盐,浇入罐中。然后,在阴凉处放置20天左右即可。

所要讲究的,一是刀功。胡萝卜切丝要刀工整齐,丝条均匀,配上葱白、蒜、小辣椒,不仅丝丝片片粒粒形状好,且红、黄、绿、白色彩纷呈,有寒菊怒放的图案感。二是时间。必须在腊八这一天制作,一定要在除夕这一天开坛。这与腊八蒜一样,民间传说它必须在腊八当天炮制,蒜才会在醋的作用下转化成翡翠绿色,才会出来好味道,二者有异曲同工之处。

按说,腌泡一些小菜也不足为奇,其他季节家里也搞辣椒酱、咸萝卜、酸白菜什么的,那些往往是出于时令、家常和兴趣而已。腊八菜除此之外,它端上桌的时机是过年,就凸显了它的重要性。

先按下它的纪念性不说。你想,接近年根以后,家家都要筹备过年的物资,购买、制作、品尝之中,开始过"小年",放假、节庆和人情往来,天天吃吃喝喝,肉肥油腻不断,等到了春节人们还能吃下去什么? 这时,把腊八菜搬出来,那酸辣辛甜的味道、鲜嫩脆爽的口感,注定让它恰逢其时,独树一帜,让人欲罢不能。可以讲,无论是作为下饭的小菜、喝酒的佐菜,或是餐桌上的点缀,都会因为独特、自然和平常而受到青睐。除了炒菜外,就是那浸泡腊八菜的醋汁也是好东西,淡爽清凉,作为一种汤料蘸饺子、蘸卤肉,甚至于直接喝上几口,也是别有滋味。

有一年,女儿"小厨"把制作腊八菜"选材、清洗、切丝、熬汁、装坛"的步骤,拍照发到网上,一度引起许多人围观。她的儿时伙伴夏夏留言:

"哇,小时候你妈给我吃过,酸酸的、爽爽的,特别好吃!"

天津同学调皮,讲:"真想照着做,可是今年蒜太贵了,不敢任性。"也有的说:"冲着这腊八菜,今年我一定去你们家拜年!"

人,总是经不住表扬的。"内当家"看了微信,十分高兴,一再说:"大家喜欢,就多做一点!""小厨"见有人一再询问腊八菜制作的具体方法,才思泉涌,撰文配画,还编了一首顺口溜:

"丝丝缕缕腊八菜,有葱有姜还有蒜。主料选用胡萝卜,醋和花椒来做伴。腊八当天来制作,凉处腌制二十天。待到除夕开坛时,雪透梅香迎新年。"

别说,介绍得还算清楚。

通常大家讲一件事多么重要,会煞有其事地说:"这是我妈教的。"无独有偶,仅从腌制小菜而言,就印证了一个道理:母亲的文明水准、生活经验决定着一个家庭的未来。

透过这一坛坛菜,看到她们起劲的忙活劲儿,不由得让我追思起儿时过年的情景,感念当下生活的美好,也不断把往昔的灰色记忆刷新,心中有了清亮、温暖的颜色。是啊,快过年了。

从腊八粥说开来

　　说起来惭愧，生于六十年代的我，对于吃特别上心。虽说"好吃"与懒做为伍，不是一句褒奖的话，但也并非一无是处。起码讲，对于腊八节的认识，我就是源于一碗粥，归功于吃。

　　腊八节，也称为腊日，是我国民间重要的传统节日，通常各家各户都以吃"腊八粥"的方式来度过。说来也不奇怪，人们是从蛮荒时代走出来的，食为天是颠扑不破的硬道理。如端午节包粽子、清明吃寒食、北方除夕夜吃饺子，等等。舌尖上的味道，既是对食物的记忆，更是一种文化传承的形式。

　　儿时，每逢腊八节的早晨，母亲总是乐呵呵地把我们从被窝里叫起来，端上一碗又一碗热腾腾香喷喷的腊八粥。新米的清香、小枣的甘甜、各种豆料的醇厚，那时候人又是在饥肠辘辘中度日，再遇到腊八粥，可谓人间美味。其间，母亲并不急着去干活，一边看着我们狼吞虎咽，一边坐在桌前说话。父亲惯于沉默，又早出晚归地劳作，家里主要是母亲操持的。

腊八是个大日子，过了腊八就是年，又处在三九寒天，所以寺庙会用平时化缘得到的谷物、果实煮粥，福报众生。寺庙的腊八粥好吃，主要是材料多，要用大米、小米、糯米、高粱米、黄豆、豇豆、绿豆和红小豆，还要加上红枣、芝麻、核桃，等等。谁家再有钱，也不可能购置这么齐备吧？

母亲是庄稼人，对于腊八节的来历说不出一二。但是她对于寺庙施粥舍饭的事，却说得十分详细。话语和神态间，不时显露出对往事的怀念和向往。

时至今日，一说起腊八粥，我都有一股记忆热流从脊梁骨向上涌，血液流动加快，周身温暖悸动。

从上古起，人们就在这一天祭祀祖先和神灵，悼念先贤，寄托哀思，祈求丰收和吉祥。即：六年每日只食一麻一米，于腊月八日，故称腊八粥，也叫"七宝五味粥"。母亲关于腊八粥的说法，明显与典故有出入，这究竟是她自己的理解，还是源自上一辈人的口传心授，就不得而知了。

那时人小，对于母亲所讲，听一句丢一句的，并不怎么往心里去，但是对于腊八粥的香甜、母亲的欢喜，我铭记于心。

母亲在日常里一直是平和的，爱笑的，在街坊四邻中有口碑、有人缘。

记忆中的母亲更像是一盘磨，从早到晚、积年累月转个不停。她与农村许许多多勤劳、善良的母亲一样，除了要像男人一样参加生产队劳动外，还要操持一家人吃喝、喂鸡养猪和打扫圈舍。

虽说一碗腊八粥并不珍贵，做法也不复杂，但是母亲却十分用心。农户人家过日子就是靠过年过节才能提起一点高兴劲，也算是一种盼头，其他还能有什么？但是，上上下下忙碌的又是母亲一个人。俗话讲腊七腊八冻掉手指脚丫。冰天雪地，哪有什么温水、热房子，屋里屋外一样冷，摸什么都是冰疙瘩一样。她为了让家人喝上这碗腊八粥，前一两天就开始做准备，先是一点点把材料找出来，再就是泡豆子、洗米。天不亮就起来点火熬煮，进进出出，洗洗涮涮，直到一家子坐上桌才可以喘一口气。

那个时代的艰难，任何文字的描述都一定是苍白的，没有经历过的人不会有真切的体会。后来，随着时代的变迁，人们生活有了较大改善，年年岁岁，各式各样的腊八粥都会与我们如约相逢。母亲才回到了真性情，爱笑了，还常常逗着我们笑。

可惜这样的日子不长。想起母亲，除了痛惜、眼泪，还是眼泪。谁言寸草心报得三春晖？

今天又值腊八节，端起腊八粥，我不时幻想着过往的情景，恍惚又听到了母亲缓慢亲切的声音，看到了母亲饱含慈爱的眼睛。这一碗粥里不仅蕴含着一种感恩、一种亲情，更有流年中诉说不尽的人生况味。

腊八家家煮粥多，
大臣特派到雍和。
对慈亦是当今佛，
进奉熬成第二锅。

与许多吟诵"腊八"的诗歌相比，我比较喜欢清朝夏仁虎所作的这首《腊八》。虽说其诗是讲奉旨到雍和宫制作腊八粥礼佛的差事，但是第三句"对慈亦是当今佛"，可谓直抒胸襟。

窗　花

　　昨天，到南山哈萨克族朋友家吃午饭，进屋第一眼我就看到了窗户玻璃上结了窗花。这可能与山里天气冷和窗户是单层玻璃有关。在城里这样的情况已经越来越少了。

　　时间向前走，往事向后走。对于窗花的记忆也如窗扉，一扇扇次第铺开，掀开一页，便令人感慨一番。

　　窗花，又称冰窗凌，是北方冬天一种普遍的自然现象。前些年，每到冬天北方各家各户的窗户都是被冰花封得实实的，正冷的时候一个上午都融化不开。这主要是因为屋内暖，空气中的水蒸气接触到冰冷的玻璃时，凝结成了冰晶。冰晶的基本形态也像雪花一样，呈六角形，随着室内水汽浓淡，内外温差大小和窗户玻璃材质的不同而发生变化，逐渐扩大延展，形成树枝形、碎片状、扇状的冰窗花。

"窗含西岭千秋雪,门泊东吴万里船",窗花也是一种窗景。

那时的人们对孩子上学不太上心,任由我们画窗花、踩树挂、打陀螺地玩耍。我经常在大早晨趴到窗户上看窗花,乱画涂鸦。冬季窗花晶莹剔透,丝丝脉络鲜若活色,一格一景,百种仙姿,仔细看你会发现奥妙无穷。

这幅像不像热带雨林的大芭蕉树?一个个长长的叶片挺拔舒展,条条叶筋茎脉清晰可见。那个像雪绒花绽放在冰面上,枝条横斜,繁花嫩叶点缀其间,朵朵琼瑶灵动。有的酷似山峦一脉,一座座雄峰峻岭,层层叠嶂,突兀耸立,凌乱的、不规则的,组成一幅美妙而完整的画面。还有的犹如海市蜃楼的写真,海边楼宇浮现,礁石屹立,四周珊瑚丛生;滔滔的海水推波助澜,掀起了高高的浪花。最多最为普通的是杂七杂八,色空相间,似是而非。一眼看去,像是一幅工笔的山林水涧。再仔细一点,又像是泼墨淡彩的云飞雾起,等等。聚集处密密匝匝,而疏朗的地方,又是大片空白。

现在想,窗花美是美,却不怎么受人重视。除了个别人以文字描写外,很少有人以摄影、绘画等视觉手段,把它作为一个题材、一处风景来反映和刻画。分析原因,不外乎窗花朴素自然,司空见惯,不足以引人注目。再就是,窗花易逝,气温上升则化水消亡,有单一、瞬间的不确定性。而我,因好奇心重,对它百思不解,脑子里充满了离奇古怪的想法。觉得,那一片片苍白、晶莹和杂乱无序的图形,犹如一洞隧道的门帘,仿佛穿越窗花就能进入另外一个天地。这种未知、神秘和荒诞感,说给小朋友,自己没有那么多词汇形容,与大人又不能交流。更多的是一个人独自欢喜,乐在其中,惑在其中,梦也在其中。

"快喊一下,那个二傻子又愣神了。"母亲知道我有看东西发呆犯愣的毛病,在外面喊,是为了催我上学。

姐姐急忙上来边扯我脖领子,边用手在我眼前摇晃。"笑了,笑了。再不走,又要被老师罚站!"她大声回复母亲,也是督促我。

有一次迟到被老师罚站面壁，我就站在课桌前看窗花，看着看着走了神，不自觉地微笑。老师两次喊我回座位也没有听到，等我反应过来回头看老师时，逗得全班同学哄堂大笑。老师又气又笑地说："不可救药，不可救药。"

　　我因喜好窗花而出名，个别老师与我一样，也有这种毛病。后来，窗花还真的进入课堂。

　　初中时期，我们三个学生参加了剪纸"兴趣小组"，由班主任、物理课王老师负责指导我们收集制作剪纸。他带着我们用剪刀、刻刀制作了许多传统题材的红纸窗花，如生肖、龙凤和大树等，也用香烟盒里的金、银色锡纸制作许多小图案，贴在教室、文艺室的窗户玻璃上。其实，剪纸也是一种窗花。这样一来，冰冻窗花与手工剪纸窗花就相逢了。它们一实一虚，纳虚弥真，营造了眼睛和心灵的沟通，成为冬季校园一景。

　　他还以窗花形成的原理为例，分析与讲解物理知识。他说，教室煤炉烧开水到一百摄氏度时，水会转化成气，这就是汽化，沸点为一百摄氏度。水汽遇到冷玻璃又会转换为水，水冻结成冰晶的窗花，则是液化与固化的过程。同时，告诉我们，液化的零摄氏度是零上零摄氏度，固化的冰点为零下零摄氏度，同为零摄氏度质有不同。虽说，老师的原话和物理名词我已经记不清楚了，但是他栩栩如生的讲授至今记忆犹新。

　　工作后，我去看望王老师，自然而然聊起了剪纸与窗花。他站起来，从柜子里拿出两叠包装整齐的纸窗花，一叠正是我们"兴趣小组"当年的剪纸"作品"，实出意料之外。随后他指着另外一叠一幅幅精美工整的剪纸，告诉我，说："我11岁时妈妈病逝了，唯一留下来的就是这些剪纸。妈妈冬季里坐在窗下剪窗花，讲故事的情景，始终让我温暖和怀念。"

　　教过的老师有很多了，对于所有老师我都是尊重与感恩的。或许是窗花的缘故，王老师是我尤其喜爱和时常想起的。

一个时代的人,有一个时代的生活。玻璃窗上的冰凌、水漏痕,一道道刮画的印迹,构筑了一代人的印象。当下的人们逛惯了喧闹的大街和商场,看了又看光影交错的时尚,再期待她们走近一窗寒凉、简单的窗花,为一幅似是而非的冰雪图形而感动,不亦为苛刻与过分。再说,随着时代的发展,建筑物的窗户越来越大,室内有暖气,窗户玻璃能除霜,就是想看一下窗花也没有多少机会了。

我是从有窗花的家走出来的,南奔北驻,也曾经对窗花、陀螺等独具乡愁的载体视而不见,但是岁月弄人,生活的喜怒哀乐,不由人的催化出了人性的觉悟,我又看到了窗花,似乎窗花失而复得,尽管它一直都在。通过窗花,对家对亲人的印象越来越深刻,越来越具象;通过窗花,又望见了经年岁月的旧时光,衍生出对那时一层山一层水的想念。家,冬季的窗花,似梦非梦。

咬　春

　　咬春,是我家乡的俚语,泛指以"吃"来反映人们迎春的喜悦。这个词非常讨喜,仿佛春天不是季节而是一种食物。似乎在百姓心里,仅有蓓蕾绽放、嫩枝飞绿不足以说明春天来了,嚼上几口开春的野菜、树芽才能感到踏实。

　　我在农村长大,对春天的野菜十分了解,不外乎是蒲公英、马齿苋、香椿芽、嫩榆钱等,吃的方法也简单,时至今日我家仍然在做,仍然在吃。

　　蒲公英是钻出地皮最早的。常言说,大地醒了,蒲公英就醒了,人们也就从漫长的寒冬中回过味了。它的根须是黑褐色的,叶子刚出来是紫绿色,逐渐叶片伸长,叶缘长出小锯齿,颜色也就越来越青绿。过去人们把它视作一味中草药,当下多作为餐桌上的一道菜了。

吃这一道野菜,主要是尝鲜。将蒲公英枯黄叶子、根和花蕾摘除掉,放凉水中浸泡。蒲公英贴着地面生长,会沾染一些土渍、腐气,浸泡主要是去脏除味。制作方法,主要是凉拌。蒲公英焯水后切段,考虑到它味甘苦、性阴凉,再切一些黄瓜丝、豆干丝与之搭配,撒上一点黑芝麻、碎花生,浇上用蒜泥、醋和少量盐制作的汤汁即可食用。挑选青嫩叶也可以直接切碎浇汁生吃。

另外,焯蒲公英的水也是稀罕物,切不可随手糟蹋了。春天,人们容易内生燥热、肝火,兑一些凉开水直接饮用,可以达到清热解毒的药效。一时饮用不完的,还可以放入冰箱储存。至于有没有医学道理,我不敢说,但我家一直这么吃这么喝,蒲公英已成为早春的家常之用。

马齿苋、荠菜也是最为常见的几种野菜。大地回暖之后,它们便在沟渠、山坡和旷野中生长了。以马齿苋为例,几乎是年年吃,年年吃不烦,还年年有心得。

它是一年生植物,根茎、叶背暗红色,叶面青绿。因为叶片呈瓜子形,与马的牙齿形状相似而得名。印象中,春夏秋三个季节,南方北方都盛产,资源极其丰富。民间还有"长寿菜""死不了"等叫法。尤其是它水分含量高、膳食纤维含量丰富,能增加饱腹感,一度成为饥荒时代的救命食物。

前些年,它受人们鄙视,多作为喂猪养鸡的饲料。现在流行养生以及怀旧、自然的观念回归,马齿苋逐渐受到人们追捧了。

马齿苋汁液饱满、略带青涩之气,须用沸水焯一下,才会清香可口。做法更是百搭,无论是清炒、做馅、凉拌、熬汤皆可。最家常的吃法是直接切段浇汁凉拌,也可以用热油,放葱姜蒜爆香清炒。还可以配上粉条、香菇和火腿肠做成馅料,用来做包子、包菜合子等。一冬天的鱼肉、大棚菜吃多了,逢早春改改口,一定会给人清新嫩爽之感。

野菜生蔬还有很多，都是有营养有滋味的。沙葱、山葱是一例。天山南北有大面积的沙漠、戈壁，沙葱随处可见。帕米尔高原古称葱岭，更是以盛产野山葱而闻名，这两种野菜主要是用来炒鸡蛋。沙葱、山葱的长纤维、辛辣味，与鸡蛋的嫩香相得益彰。但是沙葱、山葱根茎柴硬，不能食用，且它们是维系沙漠、戈壁和山坡生态的重要植物，采摘时一定要掐地表上嫩叶，千万不要连根挖掘，以利于繁殖保护生态环境。香椿、榆钱是一例。香椿芽炒鸡蛋、嫩榆钱裹上玉米粉大火汽蒸，也别有一种不加矫饰的野韵，更是各家各户餐桌上不可或缺的好东西。

　　春天来了，当我们走出房门，亲近自然、沐浴春风之时，弯弯腰、伸伸手采摘一些野菜、鲜树芽，再系上围裙亲手做上几道小菜，虽说只是满足了一下吃喝的"俗愿"，却不啻为充实心灵的简单办法。当然，野菜虽好，也不要食用过量，它们终究是尚未驯熟的野生植物，含有一定的鞣酸、植物碱等不确定成分，对于胃肠功能弱的人群来说还须慎食。好了，"偷得浮生半日闲""人间有味是清欢"，让我们在迎新之时，抛开腮帮子的咀嚼，品尝一下春天的味道吧！

刨冰与清补凉

我的第二故乡喀什俗称为"刨冰"的"撒朗刀可",可拿来作为一例。

刨冰,以浸泡后的葡萄干、杏干、核桃仁为主料,加上酸奶和水果,放入一大把冰碴子,用酸甜汁水一冲即可。

清补凉是海南驰名小吃。无论大街小巷,一年四季都可以看见售卖它的招牌,都能吃到。之所以冠以驰名、著名,也说明它并不是仅此绝有的"独一处",许多地方也有,做法也差不多,之间的差异是用料和口味,不变的是"清凉、营养"。

清补凉主要是以红豆、绿豆、薏米、空心粉等为主料,佐以西瓜粒、菠萝粒,加入冰块,冲上椰汁、椰奶和糖水而成。海南清补凉在用料上,最为明显的是椰子汁、椰子冻和椰子肉不可或缺。北宋著名文学家苏东坡曾经留有诗句："椰树之上采琼浆，捧来一碗白玉香。"实证椰子当家，且源远流长。

我一直喜欢刨冰、清补凉。凡是逛街、买菜、干活和运动时，气温一高，时间一长，口渴疲惫了，就坐在巷子口小店，或是蹲在推车小摊前吃上一碗。喀什夏季炎热，海南天气四季温热，有一碗刨冰、清补凉，倒是很素净而爽口的。

也有一段时间吃得少，不怎么吃了，主要是担心卫生上存在问题。它们令人垂涎三尺的魅力，来自现场手工制作。如刨冰，就是在你眼前，用凿子从大块冰上铲冰碴，直接压榨石榴汁、西瓜汁；清补凉也是用大铁刀就地砍椰子，直接将椰子汁倒入碗中。优点是用材新鲜、颜色鲜亮、气味醇厚，整个过程有体验感；缺点也恰恰出在环境污染与材料保鲜的管控上。成也萧何，败也萧何。

仅就清补凉而言，论及正宗与地道，夜市或者小摊上的要排在首位。不过，一样的东西放在不同时间、不同环境下，所呈现出的效果也是大不一样。前年去海口骑楼老街闲逛，就让我对清补凉有了新的认识。

海口骑楼老街，是海口市一处最具特色的街道景观。我常常来，除了自己闲逛，也陪外来朋友前来观光。它形似长廊式"排店屋"，有近五公里长的街道，六百多幢中西式小楼，蕴含了丰富的历史、人文和艺术内容，每次都会不胜惊喜。高兴是高兴，往往腿酸、口干也相伴相生。那次就是一屁股坐在一家店门前的椅子上，抬头才发现这是一家清补凉专营店。疲惫了，心想爱谁是谁，当务之急是歇一歇，解解渴。

当一位穿着整齐的服务员，把一碗清补凉用托盘端上来时，我发现放在餐桌上的碗勺，不再是一次性塑料制品，已升级为定制款式的大碗、羹匙。洁白的碗口内，汤水清冽，大红的西瓜、暗红的枣、弯弯的通心粉、橙黄的菠萝、饱满的绿豆、米白的椰子冻粒粒呈现，宛若一幅色彩丰富的风景画。环顾四周,环境也讲究了。生熟材料已分开,食材放入了保鲜柜、冰箱,解决了暴露在外的污染隐患。配置了桌椅,街道上架起了遮阳伞,室内摆放了书柜,配置了有关海南历史、人文、艺术等的书籍。一勺勺汤料入口则是微甜不腻、细滑润喉、冰爽惬意。

用料还是那些东西,做法也是沿袭传统,这种美好的观感、口味,是源于一段时间没有吃,或是我的心态,还是制作条件的改善?

仔细想想,环境设施改进应该是重点,况且这种改变不仅是骑楼老街一家,海口几乎家家店如此。改变肯定也不是一时一晌,只能怪我以前心不在焉,闭目塞听。进而发现,或许正是设施改善的一小点,成了撬动清补凉地位的支点,它不仅登堂入室成了酒店的招牌,甚至出现了清补凉专营、连锁的饮品店,可谓"忽如一夜春风来,千树万树梨花开"。

当下,海南清补凉已经是一道相对成熟的特色饮食。喀什刨冰在我2008年离开后再也没有喝过,那味道使我常常怀念。刨冰、清补凉是不分阶层的饮食,人人可以享用,但它的至简至纯,却是对我行走山海的褒奖,也最能寄托情感的饮食。

诺鲁孜节

　　新疆到了三月下旬，便进入"春山暖日和风、小桥流水飞红"的美好季节。说来，新疆人历来重视各种节庆假日，迎春的欢庆自然少不了。许多民族群众都要过诺鲁孜节，诺鲁孜节是一个与三月三大同小异的迎春节日。具体形式不限定，除了身穿盛装、互相走访、户外踏青、请客吃饭、赛诗（故事）会之外，更愿意选择的方式是歌舞。你看，此时此刻天山南北大型广场舞蹈、踏青原野放歌、小型庭院聚会和迎新嫁娶逐渐拉开了序幕，春讯点燃了人群的热情和大地的勃勃生机。

　　至于吃什么，没有特定的范围，在野外通常以烤肉、烤鱼、面食和抓饭为首选，干果补充，而家庭中则以野菜、时蔬当家。如蒸榆钱、苜蓿玉米面疙瘩、凉拌沙葱野蒜等。

值得一提的是鸡蛋,踏青带上几枚熟鸡蛋,餐饮时一人分一个红鸡蛋,是一个重要符号。红鸡蛋,有些地区是小孩过满月、百天时的代表物,估计都是取自"一元伊始""生生不息"的良好寓意。茶叶蛋更是老少皆宜。总之,"迎春"的食物均就地取材,制作简单,且当令有味道。前几天《乌鲁木齐晚报》介绍了一道荠菜煮鸡蛋的小吃,我试着做了一次感觉不错。将新鲜荠菜洗净捆扎成一小束,与鸡蛋、红枣、生姜一起煮炖,两刻钟后即可食蛋喝汤。荠菜有聚财的谐音,其他材料有滋补功效,寓意发财而健康。春天里,荠菜、蒲公英当灵丹,找不来荠菜,蒲公英也是不错的选择。

边疆极易令人联想和追忆起传统文化,那麦西来甫悠扬的旋律,就使我又想到了农历"三月三"的习俗。"三月三"古时称为上巳节,是传统节日之一。说起正月十五元宵节、五月初五端阳节,人们立马会联想到吃元宵、吃粽子,甚至于闹花灯、赛龙舟,可谓人人皆知,那三月三的民俗是什么?有什么仪式感?估计南方人熟悉,北方人难说究竟。我偏爱三月,就做了一些功课。

三月初三,是古代举行"祓除畔浴"活动的重要节日,又称"春浴日"。去水边沐浴,称为"祓禊"。祈谓"禊"即"洁",故"祓禊"就是通过自洁而消除致病的因素,祈求福祉降临。此后又增加了祭祀宴饮、曲水流觞等内容。据《周礼》记载:"令会男女,于是时也,奔者不禁。"《荆楚岁时记》说:"三月三日,士民并出江渚池沼间,为流杯曲水之饮。"杜甫《丽人行》诗云:"三月三日天气新,长安水边多丽人。"《论语》中:"浴乎沂,风乎舞雩,咏而归。"从以上文字推断,过"三月三"的地域,有陕西、河南、湖南、湖北和山东等地。当下,广西、云南"三月三"的赶歌圩、泼水节应该就是"上巳节"的沿袭。

通俗讲,农历三月,春和景明,正值季节交换,此时阴气尚未退尽,而阳气"蠢蠢欲动",人容易患病,所以到水边、浴室洗涤一番,脱下冬服更换春装。男男女女,或是与亲朋好友相邀户外,晒晒阳光吹吹风,一起踏青、沐浴和赏春,吃喝热闹一番,可谓是"不亦快哉"！说起来,这是一个为数不多的生活化的欢乐节日,不能不佩服古人的智慧和雅致。

常言说,娱乐之上有传承。唐代孟浩然在迎春时写下了:"上巳期月三,浮杯兴十旬。坐歌空有待,行乐恨无邻"诺鲁孜节的"木卡姆"曾唱道:"园子里鸽子咕咕鸣叫,唱歌跳舞的人群不断地欢笑,这是春天赞颂的合唱,是大地的孩子从心里发出来的希望。"此时此刻,我的感情在时间的温存里融化了,心思变得谦卑和柔软,因为最美的还是当下的新疆。美丽是需要分享和共享的。今年的诺鲁孜节,恰逢清明小假期,气象部门预报一两天有雨,不知道海棠娇羞、梨花带雨之下,几人泛诗唱春天,几人又说家乡好,或是唱和春水慎终追远,或是醉于乡下农家乐？有待,有待。

夏　夜

夏天,对许多地方来说,是阴雨绵绵、暑气连连的。新疆的雨水一直很少,今年算是多的,但是夏天已过了一半也才下了几场雨而已。听不到蛙声、知了声,不显湿气。虽说白天骄阳流火,夜色却十分撩人。

雨天之短,闷热则长。白天悠长不止,长到星星出来了,才在一曲曲乡间民谣的催促下离开。夏夜迟到了一点,款款却不失温情,与轻轻的山风携手,挨家逐户邀约人们出来乘凉,去聆听、赏析那深蓝暮色中的律动。

我喜欢晚间走一走,但不要太晚。走在凉爽的夜里,清淡的青草味、花果香会铺满路上,一路芬芳地伴随着我。时即时离间带走浑身的暑汗气,递过来恰似丝丝绸缎一样的温凉柔滑。星星眨着水灵灵的眼睛一个个出来,聚焦成一条溅出水雾、滴滴不止的天河。

她，一定从北河的桥上走过来。这一刻，我站在河边上等。她鬓角插着一朵两朵金银花，飘散着金银花的花香，一步一步从身边走过。没有相视，没有忸怩，不曾说一句话。桥下的水涓涓流淌，一轮或半牙皓白的月，轻轻地从树梢上升起来。四周散发着庄稼、河水亲昵的味道，虽不饱含许诺，却也令人欢愉。

"啾"，一声嘹亮的鸟鸣，让我从乡愁的境况中回过神来。哦，又想起了她？鸟，我不喜欢夜间飞的、叫的鸟。

家乡在冀东乡村，没有青山绿水，没有森林湖泊。地薄，人也憨。从那里走出来，惦记最多的是父母，印象深刻的永远是夏天夜色的温情。

落日余晖中，一条天际线缝着天与地，空间浑然一体。与妈妈烙饼的铁锅一样，锅帮漆黑黑的，下面饼与水烧结成一条白渍的、平弧的线。一条线在天边，一条线在锅底边上。

偶有一声声鸟啼，总会使人心悸。老人总是说，夜里飞的鸟是饿鸟，白天睡觉，懒散了。是失群的鸟，忙着找同伴。后来知道，鸟有多类，分昼夜。苍穹一片黑暗中，深沉响亮的啼叫，也是乡村夜晚的独步歌声。道理我明白，也一定相信它装饰了许多人的梦，但我还是会不自觉地提一下神。

夏夜，是人类白天节目的加演，但也是动物的天堂。它们只有在夜暗保护下，才会自由与安全，才会实现"吃"的简单愿望。人能够做他想要做的一切，但总不能做到没有边界。已经完全拥有了白昼、傍晚，还要霸占全部？我不愿意活动到太晚，有一些敬畏，怕扰乱了小的大的伙伴们的好事与梦。

东湾村烟火气盛，路上偶尔会听到夜啼，但一般不会碰到大的动物，遇见的只能是两三个喷着劣质烟酒气，大声唱着歌的醉汉。

我会在西瓜摊前站下，向一盏昏黄电灯泡旁边的瓜贩打问生意情况,盯着他嘴上的香烟燃烧出一灭一明的光。会在乡村咖啡馆前徘徊,嗅嗅夜咖啡的醇香,再走近,看看明窗下矮植花墙上开满的野蔷薇花、爬墙玫瑰花。我喜欢人群、灯火,但我止步于咖啡馆里激情的弹唱,哈萨克族小伙子酒劲中的热情。路上摇摇晃晃的,多数是从这里走出去的人。一辆摩托车行驶过来,开得很快,我闪躲在路边,它一溜烟儿驶向了灯火阑珊的城市。

当然,清新的风、星空,还有熟悉的蟋蟀的欢叫,萤火虫打着的灯笼,夜的不寻平常的,的确令人不舍。

宋人辛弃疾曾写下,"明月别枝惊鹊,清风半夜鸣蝉七八个星天外,两三点雨山前"的诗句。巴金《七八月的夜》讲的则是情思:"望着星天,我就会忘记一切,仿佛回到了母亲的怀里似的"。都契合了"沉默中,微光里,他们深深地互相颂赞了"的诗意。

夜空荡荡,路灯静谧,草丛里不时有"嚓、嚓"的声响。降露水了,该回家了。趁着夜色听听音乐,或翻翻连环画,或给她写一封,不知寄往何处的信。像孩子一样睡觉。

金花银花总关情

在那儿,院子北墙一个竹竿搭的棚架上,长满了金银花。纤纤细细的枝条,浓密翠绿的叶子,叠了一层又一层。青色、黄色的花分布其间。尽管花苞、花朵像个小喇叭,花形很小,颜色不深,味道也很淡,但它们仍然是一副惹人的模样。

早餐时,我说:"今天金银花又开了一层,"她微笑着望了望,"前面晾晒的装了两瓶(一升容积的玻璃瓶),估计还能装上几瓶。"我接着说。她又望了望。

金银花,俗称凉丹子,曾经是我母亲最喜欢的花。它花期长,长得多,还有"防病、治病"的大用途,是乡下少数"美且有用"的花之一。她喜欢的方式与母亲不同,每天摘几朵插在瓶中观赏,其次才是当茶饮。

隔壁防疫站小区的楼前，种有两架金银花，以前无论刮风、下雨到那里散步赏花，都是我俩每天傍晚的功课。直到城市实施门禁管理再进不去了，才不得不放弃。

一次，她说："等有钱了，咱们买一个小院。"我说："一楼带外阳台的也可以。"

人们常说，一花一草皆世界，一枝一叶总关情。这句话以禅意的视角，阐释了万物相生相克的内在联系，但它与现实生活并不隔离也不神秘。

正是金银花让我们下决心搬到了乡下。这里是天山北坡的丘陵台面，土壤由沙土与石砾混搭而成，应该是漏风渗水和瘠薄的，但是金银花不挑剔，也不怎么在乎阳光是否充沛，雨水是否充盈，自顾自地肆意生长。

清晨是采集金银花的最佳时间。一夜的光合、蕴养和早晨露水的湿润，使含苞待放的花苞个体饱满，绽开的花朵丰硕肥厚。按说这时节采摘，药性好、色泽艳、分量足。如果拿到市场上也能卖个好价钱。

待太阳升起，光度转强的那一刻，等待中的花苞，会在微风撩拨下瞬间绽放。青绿色的花变成银白色的花，再经过两三天的沉淀，银色的花会转变成黄色的金花。这种变化就像它的性格一样，朴素恬静，短暂而腼腆。这时花开花落恰恰是好看，但已失了药用。凡是种植金银花的人对它的习性都十分熟悉。

我则不愿意那样，在采摘上"剑走偏锋"。不在于它的疗效，更在于花自然而然地开放。我一直认为，人与花草同理，它应该有一个完整的生长过程。

不在清晨采摘，一定要放在晌午以后。不采摘花苞，不采摘银色花，只一朵朵摘下已经盛极而弱的金黄花。这需要耐性，但我愿意等待，愿意在花丛旁流连，在淡淡的清香里慢慢地消磨时光。

一旦采摘我会十分仔细，一朵朵地寻找，不让一朵盛开的花遗漏，担心它们会孤独沮丧地枯萎，不能接受它们掉进泥土中发霉、腐烂。

摘好的金银花我也不会耽搁，不会懈怠，一定赶在阳光正浓之时晾晒。铺上一块粗棉土布，将花一把一把抓起来，均匀地撒在上面。炙热的地面，再经当头曝晒，一会儿金银花就萎凋了，紧缩了。它把从花株、土壤里带来的氨基酸、矿物质、花香醇酯锁在一个个小小花朵里。

对了，必须是天气好。天气好，阳光充足，晾晒大约五六个小时，基本上就变成了干花的状态。

晒干了的金银花，把品相好、花朵整齐地挑选出来，装入茶叶玻璃罐中，其他的就慢慢地饮用。

那金银花的枝条之下，还有蒲公英、马齿苋、薄荷之类的野生植物。每年入冬和开春我都给金银花施一层马粪。马没有反刍功能，就留下了花草种子。蒲公英、马齿苋和薄荷我也只掰叶子，不挖茎根，并与金银花一起晾晒、装瓶，饮用时同济互补。这是金银花另一种形式的馈赠。

现在许多人对花木草果的营养价值有了新认识，价格也水涨船高，而许多东西在种植时普遍使用化肥、农药，人们一直深受"不敢用、不能用、不得不用"的困惑。家中种的金银花最可靠，最踏实，而且它带有自己辛勤劳作的"汗水"成分。

使用金银花各人自取妙处，配制中成药的自不必说，有的在炖鱼时用金银花入味，有的在凉拌蔬菜时佐以点缀，我只做沏泡花茶的饮用。晚饭后、体弱时不宜喝浓茶，一杯花草茶却得以消食、降火。用盖碗冲沏取它的清香，用玻璃杯浸泡既观看花形，又喝它的药质。不会去兜售，会送给亲朋好友。虽说每个人有每个人的路数，但懂金银花的人才能做得更好。

是啊，这长在院角、墙根下的小家伙，却与我家枝叶相连，就好比一种感情,紧紧联系在一起,再也分不开。

后记:金银花是大前年栽下的,三棵花树两个品种。去年只开了少数几朵,摘下来夹在书本里了。今年,长势好,开满了枝头,着实让人喜爱。以前写过《金银花》,忍不住又写了写。

一枝沙枣花

　　如果有人问我，新疆什么时间最美？尽管说新疆的美是不分季节、不分地区、不分种类的，但我仍然会告诉你：沙枣花盛开的季节。沙枣花在初夏开，虽然天山南北在时间上有些区别，但大概不差多少，我说的情景主要是基于南疆。这个时间段，沙枣花的香无处不在，无论你是行走在路上，还是坐在房子里，是在干活、读书、吃饭，甚至是睡觉，那四溢的花香都会不时地飘过来。尤其是午后浓郁得使人沉醉，傍晚又甜蜜得令人窒息，总让人要忍不住地深吸几口，或是抬头四处张望。沙枣花香的浓重自然离不开沙枣树的丰植。它遍布乡村的田野、村庄、河岸，以及城镇的周围，毫不夸张地说，在新疆的乡镇凡是有人居住的地方必然会有沙枣树。此外，不能不说沙枣树的功能：它的根是土地防沙的固化桩，它的枝条是村户的篱笆墙，它的叶与果实是牛羊的食料，它的花香是乡恋的缕缕炊烟。但是它枝干扭曲，叶子窄小，果实不好，平时不易引人注意。只有在沙枣花飘香的时候，人们才会注意它，发现它。

初次见到沙枣是在1980年冬天，进疆的路上。过了嘉峪关不时看见小贩在路边售卖一种黄色的枣，一毛钱一小碗。出于好奇，也因为嘴馋，我就在吐鲁番火车站买了一毛钱的。吃到嘴里果肉干干的，沙沙的，用劲咀嚼才有淡淡的甜味。口感上似枣非枣，跟以前吃过的红枣、黑枣、椰枣的区别很大。问了才知道它是沙枣。见我面带疑问，小贩指着路边说："看，沙枣树。"走近看，它的树干呈黑褐色，枝条疏离，尖刺横生，叶子枯黄，树上挂着零星干瘪的沙枣（因为当时的季节不对）。沙枣树干扭曲，质地粗糙，当不了建材，打不成家具，印象中没有什么用处。当柴烧总可以吧？沙枣木它不仅韧硬得难燃，燃烧也没有果木的香味。

我参加工作的第一个岗位是"司炉工"。司炉，听起来响响亮亮的，能使人联想到炼钢工人、火车司机，而我司的是伙房的炉，一个比家庭灶台大一点的炉灶。那时灶上烧的是康苏镇煤矿生产的无烟煤，燃点高，效能低，优点是便宜。弥补的方法是用木柴引火，靠柴火助燃。木柴能用或者用得起的只有沙枣树的树干、树根。当时为了获取几块柴烧可把我为难坏了。把十多斤重的斧头举过头顶，使尽全力劈下，只能在树干树根上砍上一道白印。一次次举，一次次劈，震得双臂骨肉欲裂，累得腰酸腿痛，才能收获一点点木条、木块。下来以后，浑身上下像散了架的一样疼，胳膊、腰间贴满止痛贴，晚上还睡得不安稳。烧沙枣木也让人绝望，点燃沙枣木像是点石头疙瘩一样的困难，燃了又不起火苗。想一想，灶台上着急用大火炒菜，或者等蒸汽馒头上笼，一直喊，"大火，大火"，而我在灶膛里却奈它无何。先不说"连烧火都干不成"的议论，单就那一百多号人等着吃饭这件事的压力，怎能让我不冒汗，不上火！说起来，烧火我只干了半年，但它带给我的绝望几乎成了我终生的梦魇。时至今日，使我梦中惊醒的基本上就两件事，一件是高考落榜，另一件就是烧不着火。一样的沮丧，一样的无助，一样的令人前途渺茫。

　　到新疆的时间长了，对它的认识才一点点深入，尤其是我在喀什地区生活了几十年，也是在这里，我的眼光穿过沙枣果、沙枣木的局限，看到了沙枣树的美丽。沙枣树凭借自身的力量，以一颗颗果实，一个个枝条，把生命的根深深地植入贫瘠的土地，竭力汲取大自然怜悯的少之又少的水分与营养，支撑起树干，高举起枝叶，像一个汉子般地站立。同时，花朵分泌出蜜汁，以浓郁持久的甜香，招来遥远的藏匿的稀少的昆虫，帮助它完成授粉、孕育的任务。累累的沙枣，密密匝匝的树叶，则引来各种采食的动物，留下脚印与粪便，带走种子与传播。一生二，二生三，成林起势，染绿了遥远的地平线，将"无所可用，故能若是之寿"进行了另一番诠释。

　　在喀什时我与沙枣树低头不见抬头见，可谓是朝夕相处。自从到了乌鲁木齐，见到它的机会就越来越少了。城市里没有沙枣树生长的土壤，都市生活也让我觉得陌生。近年来因为身体的原因，一直在各地求医问药，仿佛与沙枣树的距离越来越远，一旦闻到沙枣花香，站在沙枣树下，极易将思绪、情感带到过去。树仍然是树，花仍然是花，遗憾的是我再也回不去了。情之所钟，往往会忍不住折下一枝沙枣花带回家，贪婪地亲近、占有与梦往，一次次重复那句赞语："铁干、银叶、金花，结华果。"

　　沙枣树生长土地的贫瘠，决定了它的树冠不能过大，因为分干、枝条过多，叶与果实过于茂密，将导致整棵树营养不良。轻的停止生长，落花落叶，严重的会耗尽大树的精气。所以，当地人在春冬两季会砍割沙枣树的枝条，将砍下来的枝条，一部分通过扦插再繁殖，一部分晒干后作为燃料。为此,我的折枝既非莽撞之举,也不是过河拆桥的相亲相杀。以新疆民歌《五月的沙枣花》为证:"五月的新疆,处处飘着沙枣花香。那花香令人陶醉,忍不住将它折下。而你在哪里呀,我亲爱的姑娘。"

第三辑

那些人那些事

扫码查看
- ☑ 活动瞬间
- ☑ 滑雪课程
- ☑ 喀什掠影
- ☑ 系列好书

山　桃

午后，太阳肆虐，阳光射入汽车玻璃把眼睛晃得刺痛。道路前方人车罕见，蜃气迷蒙，模糊了焦渴的树木、庄稼。一个水果摊摆在路边，独自伫立，远远地就能看到。

一张旧报纸上搁了几个毛桃做幌子，后面摆放着一个柳条编的手提篮，篮子用印花蓝布遮盖着。一位维吾尔族老年妇女蹲坐在旁边。

"阿娜亚克西！乃其葡鲁（妈妈您好！多少钱）？"我摇下车窗玻璃，用手朝毛桃指了指，问价钱。

她伸出十个指头："翁，拜西块"（十个，五块钱）。

说来惭愧，与民族老乡、朋友打半辈子交道了，一起劳动一起生活，我终究未过语言关。至今仍然是半吊子维吾尔语，即：维吾尔语短句+汉语+手势。相比较，民族群众更具有语言天赋，往往是说一口流利的普通话。虽说个别词语表达不够准确，基本能听得懂，听得明白。你看，老妈妈也知道用手指比画。另外，偏远乡村小买卖通常不使用秤，按个、堆、筐算账。

价格便宜。如果味道好，就买点尝尝新鲜。我心里这么想。

周边乡村多处于喀喇昆仑山北麓，环塔克拉玛干沙漠南缘的绿洲地带，日照时间长，昼夜温差大，山地沙砾土质，较为适合种植水果、瓜果。果实不仅含糖量高，而且富含多种矿物质元素，味道甘甜且醇厚。这里盛产水果，绝对是沙漠、戈壁滩上人的福利！一方水土养一方人，一方水果也惯养一方人的胃口。对于瓜果梨桃，我没有任何抵抗力。

桃子乒乓球大小，淡青黄色。熟透了，皮薄薄的，个别地方渗出点点滴滴的汁液。外观明显不好看，稀稀烂烂的。

我边挑硬实的，边自语："有没有桃子味？"

那民族老妇女接话："不甜不要钱。"

啊！我笑了！我一直认为在这么偏僻的乡下，老年妇女一定不会说普通话，她突然冒出来一句，纯属意料之外。我低估形势，又犯小聪明的毛病！

我拿起一个桃子，在蓝花布上蹭蹭绒毛，扒开皮吸一口。一股桃汁稠稠的、甜甜的直入口内，清爽蜜气的味道纯正、厚实，果然是地道山桃。到乌鲁木齐以后吃过蟠桃、黄桃、梨桃，甚至蜜桃不少，口感味道也没的说，但始终觉得缺一点什么。是汁肉？是甜香？说不上来得那么一股劲。这次，田野调查能来故地，实属庆幸。快十年没有吃上这样的好东西了。一个又一个，一会儿桃核堆了一小堆，脸上手上沾得黏糊的。

直起腰才发现老人一直望着我，微笑着。暗褐色的脸庞上布满皱纹，嘴角向下瘪拉，下颌骨略向前凸出。年龄明显大了，少说也应该七十多岁。但眼睛并不昏花，笑容从容慈善，不时用手拢一下头上戴的粗纺头巾。我想她年轻时一定是位利索人。

光顾吃，忘记打招呼了，我有点不好意思。"您的普通话说得真好！"

竖起大拇指,我找话搭讪。

"我是牧工。"她说,顺手指了指我刚才出来的二牧场,显然是回应夸她普通话好的那句话。

"啊呀!对不起,对不起!应该称呼您前辈才对。"这时我从内心为自己的怠慢,一直将她当作小商小贩而羞愧和歉疚。

二牧场是生产建设兵团最为偏远、艰苦的一个基层单位。在行政区划上毗邻西藏、青海,外部又与印度、巴基斯坦、尼泊尔接壤。中华人民共和国成立后,二牧场多次担负剿匪平叛、反击作战、稳定边防和生产放牧等三重任务。广大牧工的重要职责就是支前、运输和保障一线部队。一代代牧工用养骆驼、牵骆驼,筑就了战争胜利、边防巩固、人民安居乐业的丰碑。

现在和平了,战争远了,农场改制了,他们回归老百姓生活,甚至为温饱奔波。然而,时代再怎么变,总有一些东西要坚守、要牢记心底。作为后来者,我对老一辈兵团人一直崇敬,他们既是我前行的目标,也是应对一切困难的精神靠山。

山桃普普通通,看上去不起眼,却在山野生长,经风历雨,尤其是桃果完整保留了桃的原始元素,口感好,富有营养。她,也绝不仅仅是"路边人",而是火红年代的海霞、铁姑娘,是守边护边的英雄。

我没有问她摆摊的原因,不敢再看她的眼睛,更不敢与她聊往昔的经历。急忙付钱,扯下蓝印花布递给她,提着一篮子山桃上了车。坐在车上心里仍不安稳,缓了一会儿,我把后座放置的一个毛巾被抱下来,双手递给了她。她可能察觉到了什么,没有推辞,手里攥着蓝印花布接过去,嘴角动了动,说:"孩子,谢谢!"

阳光依然暴晒,道路白茫茫的。归途中,满脑子全是老牧工妈妈脸颊的皱纹,是那么的耐人寻味。山桃,我仿佛品尝出一点混合了灼热、纯粹、苍老、顽强的意味。

沙 漠 回 想

"五一"小长假,我到准东的彩南油田探访了老友孙凤宇。虽说访友、旅行的时间是短暂的,但是沙漠的博大,老孙的真诚却给我留下了深刻印象。

一

对于去彩南油田,起初我是有顾虑的。虽说相距仅有200多公里,几年前也去过一趟,但是那里地处沙漠腹地,地广人稀,加上节假日出行堵车,心里一直没底。也想,去看什么?之所以最终去,一个是老孙一再邀约,再就是避免扎堆,城里真没有什么地方可去。回过头来看,选择是正确的。勇敢迈出第一步,其他的顾虑也成了多余。

为了错峰出行，我提前半天给自己放假。30日，午睡起来就载上一家老小驾车出发，出城果然顺畅。"早走三光，晚走三慌"的俗话确实有道理。

虽说路线不熟，导航没有信号，按照凤宇预告的"阜康市、兵团六运湖、石油基地检查站"三个标志点行进，也算简单。尤其是从六运湖至彩南油田是石油内部道路，路况好，车辆少，不限时速，更是难得。长期以来，市内交通拥挤，高速路上车辆多，几乎湮灭了驾车的一切乐趣，今天终于可以长长吐出一口气。

敞开车顶窗，扭开CD机，把油门踩到底，一路向北。在乡村歌手的吟唱中，汽车如同一艘快艇，在沙的海洋中起伏漂流，任沙丘、胡杨林和天空中的白云从车外飘过。人心情愉悦，汽车也仿佛钟情于大自然，跑得给力、快速、平稳。

对于准东、彩南油田这些单位、地名，过去只知道个大概，这次跑了一趟，算是有了进一步了解。简单讲，它包含三个方面信息：

一是沙漠。古尔班通古特沙漠，也称准噶尔盆地沙漠。面积大约4.88万平方公里，在中国八大沙漠中位居第二。类型上，它与同处新疆的塔克拉玛干沙漠的流动，不确定性不同，而类似于柴达木盆地沙漠，是固定型、半固定型的沙漠。

沙漠里四季分明。冬季寒冷，有较大降雪量；春秋季短暂，干燥少雨；夏季酷暑，多风暴。常年有胡杨、红柳和沙棘生长，季节性短生长期植物也比较多。"五一"正值春夏之交，是沙漠一年中最好的时节。远远望去，大地广袤无际，脚下细沙如锦和草绿花鲜，生机勃勃。

二是油田。沙漠地表荒芜死寂，但它的底层却富含石油。准东，是准噶尔盆地东部石油技术开发有限公司的简称。彩南，是准东油田所属，五彩湾南部作业区的简称。准东石油的主矿区就分布在这里。

三是客栈。所说的"客栈",其实它的信息量是不能与"沙漠、油田"并列的,只相对于我们这一趟旅行而言。

彩南采油区距离沙漠外最近的村庄也有120多公里。没有公共交通,缺少水源、耕地,数以千计的工人、车辆和设备,全靠外部供给保障。30年前,凤宇看到这里有"中转站"的商机,决定"投资",即两个肩膀,一双手。开起了独家"大车店"——顺意客栈。

着眼作业区来来回回的饮食男女,念起了"吃喝拉撒睡"的生意经。从此,像蚂蚁搬家、蚂蚁啃骨头一样,建盖砖土房,开垦蔬菜地,开办养殖场。在这块前不着村,后不着店的不毛之地,自产自销,自搭舞台,自安身心,唱起当"老板"的人生大戏。

今天凤宇邀约了六家相聚。老茂、崔医生、熊爷爷和我是同龄人,另有保新、蒋勇两家年轻人。几个"老家伙"和保新早早到了,蒋勇家还在路上。想想,促使几家人跑这么远的动力?沙漠、乡情和凤宇的魅力自不可少,会不会也如我"但使残年饱吃饭,只愿无事常相见"。居家憋得慌,趁机放飞一下心情?

二

到这里所看的第一站,是"后院"——养殖点。

凤宇在两座沙山、一条谷地之间圈了一个大场子。场内地幅广阔,树木茂密,荆棘丛生。"哼哼,咩咩,哞哞"的叫声此起彼伏。

猪是"圈"养的,猪圈是一座沙山,半条沙谷。猪舍为半地下的"干打垒",想必冬暖夏凉。大概数数,猪圈内疯跑着足足数百头棕红色、暗黑,带有白条纹的"野"猪。隔开的一块猪圈是产房,一窝窝小花猪分别挤在母猪的身下忙着吃奶,顾不上看我们一眼。

十多头奶牛、三百多只羊被野放在沙堆沙山上,另有一栏栏的鸽子、孔雀和山鸡不计其数,活脱脱一个动物世界。

小囡囡尚不到两岁,第一次近距离见到这么多动物,异常兴奋。一会儿小手抓一把干苜蓿草去喂羊,模仿小羊"咩咩咩"的叫唤。一会儿又趴在猪圈栏杆上,对着里面讲话:"猪宝宝、猪妈妈我是小猪佩奇。""猪妈妈、猪宝宝我是小猪佩奇。"

当小猪们发出"哼哼,唧唧"的声音时,她高兴极了,拍着手大声地告诉我:"它们听到了,它们听到了。""是的,真棒。"我跟着回应。

熊爷爷拉了一下我的胳膊,说:"这肉炖煮,又香又有嚼劲。"

"是我,还是它?"我问。

"猪,猪,不是你。"我俩一本正经地说笑。

说起来,今天来的人中我与熊爷爷相处时间最长,经历最为相似。同一所高中毕业,一起高考落榜,一同进疆谋生,人生都有不懈拼搏的"前半场"。"新兵"是在农场挥洒汗水,故事自然离不开放牧、开荒、种地等场景。互相揭短,永远是"熊爷爷偷吃农场第一个黄瓜""他在兰干水库裸奔"等私密话题。把艰难、彷徨和痛苦通通都插上了青春的翅膀。

傍晚的沙漠是金黄色的,硕大浑圆的落日逐渐接近起伏的沙丘,夕照中蒋勇的车缓缓驶了过来。他与媳妇停下车,老远就喊:"让哥嫂们久等了!"

老茂握着蒋勇的手,说:"蒋老板架子最大!"大家则说,"也刚到,也刚到。"

"烤肉,烤肉,烤羊肉好了。"

凤宇见人员到齐就大声吆喝吃饭。大家围拢过来,你一串我一串龇牙咧嘴地吃起来。

我横举着一串烤肉,从钎子头上咬下一块,鲜嫩的肉质和汤水从牙间流出,顿时满嘴醇香。羊肉的鲜嫩、酥软,伴着辣椒、孜然的辛辣,刺激着味觉嗅觉,很快把浑身暖热了。可能大家与我感受一样,纷纷说:"久违了,久违了,能吃上这么一口确实不容易。"

是故意褒奖? 绝对不是。

城市禁止炭烤,当下烤羊肉的方法主要是烘烤。烘烤以天然气、电为燃料,将羊肉串烘烤至熟。这种方法的优点是,使用新型能源,操作简单,卫生环保。缺点就是少了一点烟熏火燎的味道。

凤宇在古尔班通古特沙漠腹地开客栈,自然不必使用现代设备,也不会用含焦油的煤炭,只选枯死的红柳根为燃料。羊肉是放养在沙漠里的,一年左右的"自产"羊,在烤肉上坚守着传统。用普通的铁皮槽子,燃烧红柳树根取得炭火,将一串串新鲜优质的羊肉架在上面,撒上盐、辣椒面和孜然粉,不停地翻转,直至将羊肉烤得外酥里嫩就熟了。

对于新疆饮食,暂且不说美与丑,我认为,最为独特,不可或缺的当数烤羊肉。若论烤羊肉的吃法,不是端坐在桌子上,不是把肉粒从钎子上卸下来包进馕饼、放在盘子里,而是围着烤肉的槽子,直接咬钎子(拿着钎子,咬下一块一块吃)。别人不说,反正我失控了,顾不上油腻,顾不上"形象",把烤羊肉、烤羊肝和烤羊腰子吃了个遍,足有六七串之多,创下了近三四年来一顿吃烤肉最多的记录。

凤宇见人人嘴上油乎乎、脸色红扑扑的,知道"第一个波"有效,便招呼大家入席:"坐下,快坐下,开喝了。"

凉拌荠荠菜、焯水蒲公英、荆芥水豆腐、椒蒿土豆丝、蒸苜蓿芽、沙葱炒鸡蛋、风干手撕鸡等,摆满了一桌子。把"靠沙吃沙""自给自足"的含义诠释得淋漓尽致。

大家见还有一道道菜就劝阻:"不要弄菜了,吃不了,吃不了。"老茂、崔医生以前来过,知道客栈的底细,不但不阻止,还朝后堂喊:"三嫂,三嫂。"

"哎,哎,"三嫂答应着急忙出来,搓着手说:"还有,还有,都准备了。"

话音未落,只见白菜蒸饺、氽丸子、酸汤粉和白切肉一一端了出来。这几道菜是用料、做工十分讲究的地道冀东家乡菜。

以白切肉为例,儿时逢年过节才能吃上,我最为喜爱。一个"白"字貌似简简单单,与白水煮肉没有什么区别,其实这道菜加工方法繁杂,做好并不容易。调料配料一样也不少,主料必须用猪臀尖、猪后腿的精肉。新疆人本来吃猪肉少,许多家庭、饭店很少做,甚至不会做这道"硬"菜,所以白切肉"嫩滑、清爽、香浓"的味道,轻易得不到品尝。

三嫂六旬开外,是从河北老家出来的乡下"大厨"。曾在家乡掌勺红白寿宴多年,练就了一手绝活,还一口一个"大兄弟,大妹子"的称呼,自带一种浓浓的化解不开的乡愁。

三

凤宇多喝了几杯,端着酒侧身坐在椅子上,说:"你们可能不知道,当年兵团农场招工,我初选就被刷下来了。一起进疆一千多人,只有我是作为替补带来的。"

浓郁的夜色,烈性的白酒,催化人的激情,一个个打开了话匣子。我说:"怎么可能?"

老茂补充说:"真的。为了这事他在招待所招工干部住房门口坐了三天三夜,滴水未进,就是凭着这股犟劲,才当上了候补。"

"我是一个自带口粮、行李,名副其实的支边青年。好在,刚过乌鞘岭有人跑了,我就转正了。"凤宇说到这些不仅没有伤感,情绪中还带有几分庆幸。

他到农场以后的经历我是知道的。农民工,下岗,再就业,自谋职业,打短工,开出租,等等。35岁以后才走上了经营"大车店"的正道。正如他的自嘲:"从小孙子干到了老孙子,三十年前自由人,三十年后又成自由人。"

"孙哥,孙哥,不对呀! 你一个打工仔当年是怎么找上大丽嫂子的?"蒋勇故意问。

老茂打趣说:"男才女貌。"

"他,什么才,干柴吧? 又老又丑又傻!"凤宇爱人大丽接过话茬。

"傻,傻能开客栈? 傻能生出博士女儿?"

老茂不赞同。大丽又开始揭女儿的短,说:"博士也有缺心眼的。说什么,工作你把石油干黄了,炒房你炒限购(不能出手),半辈子只做过一件正确的事,就是嫁给我爸。你们看,这是人话?"

"我开出租车,她在加油站上班,一需一供,一件军大衣裹一块了。"

大家对老孙这个答案最满意,哈哈大笑。

崔医生不忘补刀:"那年,大丽婴儿肥还没有褪掉,跟着凤宇来医院看妇科,可把我吓坏了。后来让我喊嫂子,才知道虚惊一场。"

"啥婴儿肥? 满十八,都工作了。"

"早八辈子的事了,别说了,别说了。"

老孙一副得意样。大丽脸红红的,样子挺难为情,但并不恼怒。

40年前,我们是被同一列闷罐火车拉了七天七夜"运"到新疆的。进疆后,按照兵团农场的分布,在天山南北逐次下车。他、崔医生是在吐鲁番下火车的。我和老茂、熊爷爷从火车下来以后,被转"装"上大解放,又向西跑了七天,运到了中国版图最为西陲的地方——喀什。两地相距1500公里,彼此不认识,直到大家搬到乌鲁木齐才偶然相识。之前,我一直认为自己"进疆路"坎坷,今天了解了凤宇的经历,才知道什么是沧桑。他成功的风光我们跟着分享了,他付出的心血、汗水和坚忍估计只有他自己知道。

席间只有我和熊爷爷滴酒未沾，但发疯的酒劲一样十足，明显有"醉翁之意不在酒"的意思。我们对着满天繁星、一轮弯月高唱京东大鼓《送女上大学》：

"火红的太阳刚出山，

朝霞铺满了半边天。

公路上走过来人两个，

一个老汉一个青年。

张老汉今年有五十多岁呀，后跟他的女儿叫张桂兰啊！"

别样的唱词，少见的激情，直唱的蒋勇、保新莫名其妙，我们自己却泪水涟涟。沿着沙漠中唯一一条公路，一直吼着走向了夜的深处。

四

夜间，沙漠风大，刮起的沙粒"唰唰"地敲打窗户，透进来几丝清凉。我躺下一阵了仍然睡不着，脑子里一直过电影，绿皮火车、西行路、大沙漠，不时闪现烤羊肉、白切肉。第二天是在灰喜鹊喳喳叫声中醒来的。

出了门才知道晚间下了雨。我躲在一个沙包后面做了一会儿伸展，浑身酸软僵硬，昨天太疯了。

地上湿漉漉的，草木萌新，天空纯净，只是积云过厚，迟滞了晨光的脚步。这时候的沙丘、沙山，使我联想起一个巨大的沉睡着女人的胴体，在光影移位交错中，好似还带着轻微呼吸，胸怀起伏，安静沉寂而美丽。

"走了，走了。"几台车鱼贯而行，驶过滚滚沙浪，停在了靠近一条暗河的沙洲上。人人戴着遮阳帽，穿着防晒衣，显然是为挖沙葱、找沙参、锁阳作足了准备。

小囡囡第一次进沙漠，兴致勃勃，手上挥舞着小铁铲，见到什么都新奇。先是堆沙包种"草莓"，尔后又帮小老鼠挖地道，嘴里"哼哼"着儿歌，尤其喜欢学着大人的样子爬沙山。姥姥、妈妈的手伸过来就推开，说："自己走，自己走嘛。"累得小脸通红，顺着头发梢淌汗。

我跟在"三人小组"后面，不时回答爱人、女儿和小孙女的提问。"白梭梭，是大芸寄生的母体。对，这个是甘草，制作甘草片的原料。"

按常识，古尔班通古特是固定、半固定式沙漠，这里又是沙漠腹地，除了大面积生长胡杨、红柳树外，还应该广泛分布着梭梭、苦艾蒿、白蒿、蛇麻黄、苔草等多种植物，但是走近了才知道，它的实情与"生机盎然、风景看遍"的传说差距很大。

沙丘流动性增加了，沙梁上戈壁石质裸露，树木枯死无数，地表植物稀疏。虽说沙葱仍然葱茏，但较之上次来明显矮小，锁阳、大芸和沙参几乎无迹可寻。大家都知道，土地沙漠化是可怕的，但是相比于沙漠的"死亡"，后者更是让人绝望。

为什么会这样？是干旱造成的？是外围截流水源所致？还是人们滥采滥挖的缘故？不得而知。女儿触景生情："沙漠病得不轻，不能再挖沙葱了。"大家对沙漠生态的严重破坏仿佛有相同的认识，纷纷称："是，"说，"我们去玩越野吧。"

"呜呜，呜呜"，转眼工夫，熊奶奶、蒋勇媳妇已经登车踩油门了。两位女将显然是抢了家庭首发的位置。发动机轰鸣声唤醒了人们心里的野性，风宇、老茂不愧是司机率先驾车直冲谷底，其他车紧随其后，车队像群野马一样狂奔起来。

女儿一改"胆小"常态，从后座位上站起来，喊："老爸，快，快。"爱人护着儿童座椅嚷嚷，"快看，快看，熊奶奶飘起来了，飘起来了。"我家车功率小，跟不上趟，只能眼看着她们向油塔方向奔驰而去，在天际间拉出了一道长长的尾线。

告别沙漠，告别故友，在返程途中我们仍然感慨"沙漠夕照的恢宏，'龙门客栈'的兴旺"，说到"恢复生态环境的紧迫"和人生不容易的。走出沙漠，看见路边一则广告牌，字迹十分醒目："只有荒凉的沙漠，没有荒凉的人生。"

山谷里的人家

清晨,雾在山谷中弥漫。

哈斯卡朝熏肉房走去。他脚步缓慢,仿佛还没有从昨晚的酒中醒过来。跑在前面的是一条黑狗,一只猫则跟在他身后。

艾维尔沟是他家的夏牧场,他是山谷唯一毡房的主人,也是猫和狗的主人。

猫,淡灰间花狸色,脸上的白鼻梁在雾气中仍然明显,是一只四岁的公猫。见主人停下低头点烟,它也向旁边跑了几步,蹲在土埂边抬起后腿撒尿,眼睛仍然瞄着这边。黑狗只有一岁半,长了一个傻大个,一会儿工夫就跑远了,不见了。

哈斯卡坐在熏肉房旁边的柴火堆上,白鼻梁趴在他的脚下,有一口没一口地吃着他一块块掰下、扔过来的油塔子。油塔子是哈斯卡和猫早餐前的零食。

土砖垒墙的熏烤房被雾气、露水打得湿漉漉的,内部燃烧的松树枝,把房子蒸烤出一团团的气。

秋天,牧民都会熏牛肉、马肉、马肠子,储备冬粮。哈斯卡前期宰杀了一匹马、一头牛,谁知去哈熊沟马坎家喝酒,回来抄了个近道,竟然崴断了马腿。无奈之下又宰杀了。今年他熏的肉比往年多。

哎,他叹了一口气。这匹马是艾玛最喜欢的"白哈密",至今没敢对孩子说。酒要少喝了!

想到此他朝火堆狠狠扔了几个木头疙瘩。天哪,好大的烟。他掩上房门急忙跑到边上。猫本来舍不得这一块温暖的地方,又赖了一会儿,终究敌不过烟的熏呛,无奈丢了"阵地"。

它每天早上都会跟着主人来到熏烤房。它喜欢熏烤房的温热,喜欢熏烤马肉的香味,也喜欢与主人单独相处的时光。

风凉飕飕的,这个时候山里的气温不足十摄氏度,可以看见被白雪覆盖的山顶了。等白雪像雾一样一点一点从山头走下山,冬天就到了。

玛拉莎站在毡房门口,朝山口小海子方向望了望,那里的北岸中学住着一双读书的儿女。又看了几眼熏房冒出来的白烟,低头看着跑回来的黑狗。它在逗一只窜出羊圈的黑绵羊,羊躲闪着后退,狗却一个劲地朝羊身上靠。她呵斥还蹲了一下,做出捡石头的样子,狗一溜烟地跑了。

白鼻梁既是小跟班,又善于捕捉草场上的老鼠,还逼走在附近钻洞的旱獭。鼠、旱獭是草原的天敌。别看黑狗小,每次都勇敢地追咬跑过来的棕熊,也是这座毡房的"守护神"。

太阳挂上了山头,哈斯卡走了回来,仍然一晃一摇的,投下的影子斜长斜长,也是歪歪扭扭的。

她提了一个铁桶,蹲在奶牛身下挤奶。不过没有忘记把新鲜牛奶倒在猫食盆里，白鼻梁走过来，不慌不忙地舔食。嘴、鼻沾了许多牛奶，成了一个大白脸。

玛拉莎的手上下不停，一挤一挤地，牛奶一股一股流出来，发出"哗哗"的响声。黑狗、黑绵羊也围了过来，绕在她身后。奶牛轻松地摇着头，不时回头看一下玛莎拉，又用鼻子嗅嗅走近的黑狗、黑绵羊，眼光柔和明亮，似乎很享受这样的早晨。

吃了馕饼、风干肉，喝了奶茶，哈斯卡赶着羊牛进了山谷。太阳晒干了露水，青草与山花越发嫩绿，贪吃的羊牛边往谷里走边啃食，不肯抬一下头。

自从损了"白哈密"后，他一直没有骑马，虽然玛拉莎一再捂着嘴笑，也没有改变主意。

看着石头阵规模的羊群，白桦林一样的牛，他却高兴不起来。往年，这个时节羊早卖掉大半了，而且三三两两的游人也会在毡房里留下一沓沓的钞票，让他有足够的钱囤积干草、饲料，也可以把几箱子白酒搬回家。今年怎的，至今没有一个羊贩子上来，没有见到一个山外人的影子。尽管原来心里讨厌他们，但现在盼着他们了。是的，来了一定给他们宰上两只春羔子。

唉！一旦入冬下雪了，这么多羊赶下山可怎么办呀？

几棵白杨树的叶子已经泛黄，在满山松树的青绿、枫树浅红之中，点上几朵鲜活的金亮。阳光轻巧地洒下来。起了风，轻轻微微的，将雾气吹起飘散了，谷里的树木、羊圈和毡房逐渐显现出来，连山峪口外的小海子也看见了，水白茫茫一片。

小海子是一个堰塞湖，草原人称它是雪山的妹妹，天的镜子。傍晚，玛拉莎会到海子那边去，虽然它有些远，远，也会去。要把饮水的羊群、奶牛赶回来，要在海子边上梳妆洗漱，要在那儿等着一双儿女回来。

亚力森与妹妹艾玛只有周末才回来。逢着这一天她总会比平时来得早,也只有这一天她才会多看几眼海子里雪山的倒影和霞光映红的水色。

亚力森回到家,马上甩掉"跟屁虫"艾玛,抓上一匹马就向森林里跑了。那挥舞的马鞭子在天空中画出一道道弧线,伴着马蹄的"嗒嗒"声,他放开嗓门吆喝,"啊啊啊,嗨嗨嗨",回音传得很远很远。

艾玛没有去骑马,她的马被父亲"送到马坎家"放秋草了。但她也不停歇,换下校服,穿上花边长裤裙,嘴里嚼着奶疙瘩,带上白鼻梁、黑狗开始巡游。她要去牛羊圈、干草垛、熏肉房,也要去岩石堆、白杨树、三眼山泉,坐在那里给大山唱歌。她的歌即兴、抒情,永远不会重样儿。

谁跟得紧,会得到奖励,奖品是一点点风干肉。也许正是这一招,猫和狗每逢周末也会上蹿下跳,跟着玛拉莎到海子边去接她。

山里的人和猫狗、牛羊,甚至与外界的一切事物都心灵相通。

回声、歌唱引得玛拉莎放下活计,手遮挡在眼前向林子张望。赶着牛羊进圈的哈斯卡微笑着摇头。

艾维尔沟,沟谷平缓,山梁与谷底都是宽阔的大平台,草场外围就是一重又一重的天山山脉,足以容得下撒欢的儿女。况且,亚力森会采回来一大袋子鲜蘑菇。艾玛也会掐上一束山野花,并插满一个个空酒瓶子。

月亮升起来了,艾玛开始讲山外的故事,亚力森弹奏冬不拉,哈斯卡喝了酒,会唱起永远让玛拉莎醉心的小调。玛拉莎不断地往火炉里添木柴,烧了一壶又一壶的奶茶。黑狗卧回了毡房门外,猫缩在炉子旁边打盹,白鼻梁一鼓一鼓的。

艾玛唱歌了:"我的家呀,在一个很小很小的地方,到处都是青草,全都是绿的。"哥哥、父亲加了进来,玛拉莎也张了嘴:"我的家呀,在一个很小很小的地方,到处都是青草,全都是绿的。"

夜在歌声中睡了,星星眨着闪闪发光的眼睛,露水打湿了毡房、森林、草场。

山 行 小 札

　　哈斯木为人纯朴、好客,不掂量轻重。这几天一再打电话要我们去帮忙出(挖)土豆。说实话,前一段时间我们就商量着去他家吃羊肉、大盘鸡。山坡上那一疙瘩地的土豆,都不够他一个人干的。一个个笑着答应:一定去,谁让咱们是"朋友"。

　　去他家只有几公里,开车比较顺畅,但是当下公路正在扩建,开车只能走便道,颠颠簸簸,尘土飞扬的。我决定走走路,很长时间没有出汗了,返回时搭那几个家伙的顺风车。

　　初秋的南山云淡风轻,爽朗空阔,单看那山坡上的枯草与遍野的红叶,绝不输于春花夏绿的景致。踏着软软的衰草,从一个山坳走下来,又从一个谷底往上爬。一程又一程。山越来越深,鸟儿逐渐多了,它们成群在草丛中啄食,"咕咕咕"地呼唤着,飞来飞去。上午的阳光清凉和煦,没遮没拦地洒落在脸上,走了一会儿脖子带肩膀就热乎乎了。心想,这么走一走与其说是赶路,不如说无异于漫步山野,寻赏秋色。

两个小时以后,觉得有一点累,坐在山坡上休息了一会儿。目光渐渐由近处投向了远方,怎么还望不见地方? 开始对选择的路线是不是捷径,心里犯了嘀咕。算了算,转出这个山坳,再快至少也要一个小时,不会赶不上中午饭吧! 心态也有了一些改变。虽说自己不想承认,心里还是希望早一点到达,甚至对走路的决定也不再肯定了。

一山过了一山,听到山那边有鸡鸣狗吠的声音,但仍然看不到哈斯木家的毡房。"高岭孤云细,深林一径斜,偶闻鸡唱午,不见有人家",心生几分焦躁,步子走得快了,再顾不上看脚下的花花草草。

平常也跟着人们说,不在乎结果,过程很重要。然而,走这一趟山路,告诉我一个常识:通向彼岸的方式、路径越简单越直接越好。单纯爬山锻炼,与赶往某一个目的地,两者的目标有本质的区别。理应一事一务,不宜简单合并。比如,这次是应该开车的。搂草打兔子,这种捎带脚的事终究不是正途!

山路弯弯,景观未央,但是只要坚持走,不停歇,与目标只能是越来越近。抬头见到毡房了。从远处就能看见门前停了三台车,那几个人已经到了,怎么不见有人干活? 迈进山窝的一扇柴门,就闻到了烤羊肉的味道。

嘿,这狗怎么不叫,跟哈斯木一样是个闷葫芦。

蚂蚱，蹦跶

午饭后在院子里遛弯，一低头看见了一个小伙伴——蚂蚱。

它很淡定地寻找着什么，估计是食物，在南墙边、人行路上爬来爬去，尝尝树叶、草茎，又咬咬黑加仑的嫩藤蔓，好像一直没有找到舌尖上的味道。

看到一只小昆虫本不稀奇，但是在我们这个地方，在这个时间里出现就有所不同了。

我们院子位于新华南路与团结路交会口的东南侧，占地十一亩，办公、生活有三座楼，呈品字形设置，外部四周皆是高楼。说好听了，这里是一个后开门的四合院，也似乎是一个"旁门左道"的闷葫芦。在院子里走一圈只要三分钟，封闭狭窄得几乎让人不能理解。另外，这两条街上车流密集，又有一条高架公路在楼房北侧比肩而过，相距只有十几米，灯光闪照，发动机轰鸣昼夜不绝。车轮碾压高架路面的"吱吱"声，车在桥上的颤抖，与楼房产生的共振，几乎让人难以承受。在楼上，注意力分散时，感受还不太明显，一旦有人随口说到，或是提示一下，那简直是坏事儿，生理与心理的烦躁马上就会膨胀，逼迫你逃下楼去。

在这里，无论是中午午休，还是晚上睡觉，不把自己搞累了，困垮了，真的躺不下来。还好，院子里栽了许多树，院墙、楼体上培植了爬墙藤类绿植，总算可以下楼走走。还好有一个能让自己累垮的场地。人们抱怨前人建设规划匪夷所思，肯定院子过去绿化搞得好。

经常在院子里走路的还有许多人，但午饭后多数是我一个人走。是为了消食儿，也是为打一个盹做准备。

昨天中午，我在这里见到了一只蚂蚱，尖角状头，浑身绿色，个头儿不小，当我要靠近时，它竟直飞走了，没有给我任何一丁点机会。今天，运气好，遇到了一只胆大的小蚂蚱，让我寂寞的午后有人来陪了，尽管陪伴的就是一只小蚂蚱。

阳光直接照在这个小蚂蚱的身上，它土褐色的躯体上黑斑点点，短细的触须一动一动的。可能太专注了，或是无所顾忌，并不在乎我给它拍照。与之相比，我却有一些激动和紧张，生怕哪个动作不对劲惊跑了它。

心想，在这钢筋水泥天地，在上有飞禽捕捉，下有人脚踩踏的世道间，一只蚂蚱的生存是不容易的。无独有偶，在办公楼前的两行小叶白蜡树上，在大门东侧的小树林里，各有一个鸟窝。鸟应该是乌鸫，嘴喙乳黄色，脚与趾也黄色，通体羽毛漆黑，鸣叫无论短促、悠长都很悦耳动听。一次，我和夏维好友聊天，恰巧两只鸟衔着一嘴东西飞回来，瓜田李下，我俩赶紧从树下走开了。既怕影响了鸟儿回家，又怕因为我们抬头看，让院子里的捣蛋鬼发现了这个鸟巢，对其不利。

估计鸟的窝里还有它的儿女。从它不惧手机拍照看，仿佛比我进化得还好，起码不在乎强光与噪声污染。从它油亮的羽毛看，反映当下饮食充足，对生存环境是适应的。

从刚开始在楼里怕噪声，抱怨院子里走不开步，三年下来我也习惯了。同时，进一步印证了一个现象——无事生非。忙的时候，什么噪声、振动、闷热都可以不顾，吃睡、思考、干事儿浑然不觉，相反，一闲下来就全不对了。还有，夜深人静时耳朵对外部声音特别敏感，让人睡不着觉。但是，一旦安静了，身体又会嗡嗡作响，耳朵自鸣，神经运转的声音立马出现，沉渣泛起。每当我睡不着觉时，除了吃"累"药外，就会像许多老人一样，把电视机定上两小时自动关机，听着动静培养睡意，屡试不爽。

此外，想通了一些问题。为什么有人在卧室饲养蝈蝈，为什么有人嗜宠小动物？应该是为了陪伴、交流和分散注意力。存在皆为天理。无论人、昆虫或什么，能选择生存环境的概率终究是有限的，免不了不如意，或遇到挫折。能不能适应，就在于是否能心平气和地接受事实。凡是问题都有两个侧面，积极地利用有利的一面，等同于寻到了一个合适的"出口"。

竟然会对一只蚂蚱絮絮叨叨，如同遇到了知己，其实心里是有所不满和无奈的。一心想离开，一旦离开了，心里又滋生了留恋与不舍，正如围城之谶言。

一天，我把零碎东西搬回家，开始做撤退准备。老伴开玩笑说："怎么，快歇菜了！"一听，我马上瞪了眼睛，想一想又冰释了："对，歇菜了。秋后的蚂蚱，不蹦跶了。"

蚂蚱虽说没有蝴蝶、瓢虫那样好看，倒也是城市午后的一个小景。说话间，天空中一朵白云从南向北飘来，在地上投下一片云影，这细微变化让小蚂蚱察觉了，它露出大腿下的红色蝇翅，屈收小腿，后腿一蹬，跳进了草丛中。"云无心以出岫，鸟倦飞而知还。"蚂蚱，蹦跶。

一株芳草漫染时光

　　一抹嫩黄，清香幽幽的中国兰花，虽然说远赶不上许多花卉的姿态、硕大的花叶，却具有质朴文静的气质。我的体会是，养兰花入门不易，养好更难。一旦与兰花结缘，注定会有不一样的收获。有诗为证："幽谷出幽兰，秋来花畹畹。与我共幽期，空山欲归远"。

　　　　　　　　　　　一

　　我养兰花纯粹属于偶然。九十年代初，生活有了改善，春节添几盆花点缀房间成了必然。在花店业主推销下，我将一盆春兰抱回了家。店主人一再强调，兰花喜湿润，忌暴晒，一定要少浇水。第一次接触兰花，对它仅有文学性的概念,的确嗅到了清幽香味,但心里犯嘀咕,分不清楚是花本身的味道,还是人工喷洒上去的味道。

春节期间人来人往,待在家里的时间相对多,为了保持花土湿润,防止空气干燥,常常顺手喷洒一下,不能说不够精心。可是,事与愿违,自从兰花入家门以后,已开的两枝花很快枯萎,花苞再没有动静,后来直接销苞了。几株像麦苗一样的兰草,不出正月也枯黄干瘪了。

兰花这一类的南方、热带花卉能够进入新疆,得益于现代农业技术、交通物流业的发展,但对我来讲,养花种草的知识却没有跟上趟儿,仍然停留在粗放型、附带性的层次上,基本上是按照养君子兰的方法操作。老运动员遭遇新规则,养花如此,生活中对饮食、消费和文化等方面的认识,几乎遇到了同类问题。第一次养兰花不得法,费力费钱不讨好,但人就是那么奇怪,不想知难而退,而是把"兰花草"种心里了。这草拔了又拔,但斩草不除根。

一趟趟跑花卉市场,一盆一盆将春兰、蝴蝶兰、石斛买回来,也与花店老板交了朋友。花店老板不时教几招,加上自己慢慢摸索,逐渐有了一些经验。春兰一直没有养好,蝴蝶兰、石斛兰已经年年开花。一枝枝淡绿、粉红和紫红色的花朵,在陋宅斗室间竞相开放,且花期长,品种多,又是南方花卉,凡来家的客人都交口称赞,让我平添了几分自豪。世上无难事,只怕有心人,几乎成了我育花经的口头禅。

爱人对我养花的痴迷不理解,嫌弃我作,说:"别捯饬了。倒腾进来不少,自己不怎么管。"约上朋友安江一起到兰花店去,他花养得好,比我有经验。他从花店出来笑着说:"基本上是热带兰花,但老板长相不错!"一句话,将我说的不仅不辨"兰花",还有些目的不纯了。

查过资料才知道,兰花有中国兰与洋兰之分,传统上将分布在中国的地生兰,如春兰、蕙兰、建兰、墨兰和寒兰等,称为中国兰。热带兰又称为洋兰，它的种类很多，如卡特兰、蝴蝶兰、石斛兰、文心兰、兜兰等。中国兰与洋兰，虽说同为兰科兰属，形态基本相似，但观感上、文化上稍有不同。如果拿国兰与洋兰作比喻，中国兰像高山隐士、天上仙子，洋兰则是艳妆的美人、骄傲的公主。尽管中外兰花不同，认识、观念上有差异，但人们对它的喜爱却是共同的。

单说中国兰，是生长在黄河长江水土上，历经亚热带气候的雨露风霜，与中国人一样具有柔中带刚的独有基因。这一点使它在植物王国中独树一帜，在花卉家族中奠定了王者荣耀。虽说已经被人类驯化，从野生山谷进入了人们的视野、生活，但是走近它，直至让它接受你，则不那么容易。

再说，新疆气候干燥，昼夜温差大，其实难以营造兰花的生长环境，不宜长期种养。可是人们经不住"王者香"的诱惑，割舍不了对兰花的情愫，甚至作为一种目标而追求。对于这种情况通常有两种认识：其一，直接否定，说它是作，肯定不为过。其二，要平和些，认为越是有难度，越能激起干一件事情的热情。我知道第一种说法有道理，但我在感情与行动上肯定第二种看法。理由是，不试一试怎么知道行不行。事实上，兰花高冷却不远人。后来的经历说明，只要以兰为友为师，耐心细致，一定会拾级而上。养一株兰花如此，其他事物也理应如此。

就我而言，没有条件建兰房，搭兰棚，也褪去了起初的浮躁，就在阳台上放了一个铁架，与窗户拉开一米多的距离，养了几盆中国兰花随性生长，只当是日常摆弄几株草。别说"有心栽花花不开，无心插柳柳成荫"。

上月底，一盆春建兰开了花，三周后慢慢地枯萎，花香也是一点一点变淡。这盆兰花名为"红香妃"，普普通通的凡品，但它能在新疆养了三年，之后又开花，已经让我引以为傲了。满足之余，我琢磨为什么兰香那么淡？可远观而不可近闻？

学习得知，兰花为王者香，其香味有浓、淡、清、甜之分，会随着环境的不同，或者风吹气暖等现象，而时隐时现。正如，余同麓《咏兰》所述："坐久不知香在室，推窗时有蝶飞来"。此外，我对于赏析兰花也因此有了一点认识。

清晨或傍晚，坐在花架下静静观看，只是几片"韭菜"叶，几朵单薄、纤弱的花卉。细细端详它则简单至极，娇嫩带蕊，说草叶是翩翩少年有些牵强，而花用佳人形容却不失风韵。一只只纤纤玉指依空作态，那天籁素音是寄托在花香之上的，随形流转，弥漫绕梁。尽管花期过了，也不必惋惜感怀。枯萎花下，一两株幼草从根部发出，又有了天天相顾惜的期盼。

这能不能算是领略了幽兰的韵味？应该有这个意思了。

二

我从山中来，带来兰花草。2009年4月，我从江西景德镇带回来了三株野生兰花草苗。

以往所养兰花都是从花卉市场买的，无论是专营店或摆摊散卖的，货源一定是南方大棚繁殖的商品化的兰花。说来，边疆交通运输紧张，仓储条件不完备，能够建立相关渠道，将兰花草苗输送到新疆，其难度已经不可想象。至于兰花品种几乎无人挑剔。进一步说，既然大批兰花能够运来，只要市场有需求，有人肯花钱，讨到商品类的奇花异草应该说不难，但是野生兰花则可遇不可求。纵观众多兰友没有听说，谁养过野生兰花，我得到它们也是偶然。

到江西出差赶上清明小假期，许多工作没有办法开展，索性去了慕名已久的景德镇。据一位瓷器店主介绍，浮梁县汪胡村有世外桃源之美，值得一去。许多地方号称"桃花源"，恕我直言，所去过的几处基本是徒有虚名。但我还是去了。别说，唯独"汪胡"实至名归。说这些题外话，是反证只有青山绿水，一路芳草，落英缤纷的地方，才契合芝兰生幽谷的习性。

傍晚，从汪胡徒步返回瑶里镇的路上，看见山村路口树下摆放了两盆兰花。停下歇脚，顺口问旁边玩耍的俩小女孩，那花卖不卖？

"卖，卖，十块钱一盆。"她们七八岁样子，连声回应。一个人手举兰花苗，一个人手提装着干蘑菇的小箩篓，急忙凑到我跟前。

才知道，装了盆的花是招牌，卖的是树下的花苗。一束三五株用马尾草捆绑住。一棵兰草，兰友通称为一株。好歹不论，价格低廉得不能再说了。这是兰草吗？这么便宜。如何从江西带回新疆？其他游人说："买了栽不活。""山里多的是，随手可以挖。"可是俩孩子眼光急切，我又问了个多，没有台阶可下，就买下了仅有的三株。拿出五十元钱，她们没有零钱回找，又买了一小篓蘑菇。

为了反驳游人拆台的话，她俩拿来一个瓦盆，边讲解边示范："你看，栽成这样，一定能活。"她们拎着花苗，将兰花根与假鳞球伸进盆沿口二三厘米处，语气十分坚定。这一举动惹得人很开心。稚气未脱的小模样与女儿十分相像。

还要去吉安，到了南昌就找了一家鲜花店，先送上一篓蘑菇，再提出代为养护的请求。店主连夸野生花苗好，南昌进不到货，又说山菇珍稀，爽快答应了。再见面，她讲飞机不让携带野生植物，边说边用湿纸把兰花苗与鲜切玫瑰花包在一起。动作娴熟，经验丰富，让人多少有些感叹"道高一尺魔高一丈"的潜行规。

到家第一件事，就是找到资深兰友大罡求教。按照他的意见，花苗拿到他的花棚里装盆。

他耐心告诉我，分株、装盆关键不在技术，工夫全在培植土上。花土通常三分法：腐叶、土炭、花生壳等占七分，石沙类占二分，营养土占一分。

发酵堆放一年才可以使用。装盆也是三分法:花盆底填放泄水膨胀物三分之一,中间填放养殖土三分之一,上部三分之一留出盆沿摆置花石。

反复强调,养兰花要因地制宜,不能照搬江南经验,书本也只能作为参考。比如兰花喜润忌水,新疆气候干燥怎么办?除了让空气清新湿润外,花盆土一定不能干涸,一旦盆土干透了,再怎么补水都于事无补。办法是,在培植花土时,掺放一定比例的粗粒石英砂,这样泄水快,且含水性强。一席话语真不是读几本书就可以获得。

难者不会,会者不难。一会儿工夫,三盆壮实、叶片直挺的兰花就置于花架之上了。在告诫野生兰花进入室内不好打理的同时,提出由我在兰棚中任选两盆进行交换。三株兰草我没怎么花钱,又前途未卜,而他的兰花在圈内大有名气,两盆换两盆几乎是天降祥瑞。我当下答应。按说养兰花不是为了赢得财富,关键是喜欢,是丰富生活,但是一旦遇到用钱评估、比较兰花,我自私贪婪的尾巴就露出来了。说来惭愧,自输草木。

一段时间后再看,我拿回家的一盆野生兰花在阳台上长了新叶,但略带有僵滞状。他养护得法,两盆草苗芽多叶壮,郁郁葱葱,在花房中已经显出不俗的面貌。

转年三月,我的野生兰花率先抽出两个花苞,依次绽开。虽说没有一般兰花花卉大,色泽艳,却花盘紧凑,花瓣规整,尤其是幽幽香味,能够传送得好远好远。

大罡应邀前来,赞赏不已。尔后,我们一直等待另外两盆有惊喜,但始终花讯不至。作为旁人也许没有感觉,而我身在局内,心里一直惴惴不安。担心大罡伤了自尊,终究他那么上心,那么自信。直到又一年,接到他欢天喜地发布两盆兰花盛开的捷报,我才长出了一口气。

古代有"芝兰乡里,九畹溪畔",传颂葳蕤兰花的故事。其实,每一位热爱兰花的人何尝不是如此?面对这株来自远方的花草,我一再想起让我印象深刻的小女孩,想起汪胡一带的山水风光,也会想到养护兰花的点点滴滴。独乐众乐的趣味,是兰花的力量,也是养花人的追求。而生于江南山野之中的兰花,不计气候条件,绽放在戈壁沙漠边缘的城市,则彰显大自然的神奇。

三

走进版画系努老师家已经是午后时分。他午睡刚起来,正坐在客厅休息,见我们进来高兴地招呼喝茶。我作为中间人,进门忙着介绍主宾相见,但仍然没有忽视窗台上摆放的兰花,自觉不自觉地盯着看,两位老师说话我没有听进去几句。

他住一楼,面积只有六十多平方米,应该是七八十年代兴建的教职工宿舍。砖混结构,没有电梯,红砖墙与木门上水渍斑斑。唯有一排排槐树掩映,校院深阔幽静,算是环境上的优点。知道他在别处还有一处电梯楼房,这里仅作为创作室与宿舍,图的就是在学院独享一隅清静。作为艺术领域的外行我插不上话,就走到窗边欣赏兰花。一盆建兰,兰草硕实,叶片紧凑修长。另外两盆春兰稍小一些,长势较好,摆放在窗外树下的花架上。

努老师年过七十,退休多年,仍然刀笔不辍,一直在木刻水印版画领域不懈耕耘。辽宁鲁迅艺术学院苏老师专司版画创作,这次来疆是旅行兼顾采风。版画在六七十年代十分辉煌,当下已经没有相应的艺术氛围与市场了,只有少数版画爱好者、艺术家仍然坚守阵地。趁苏老师接电话之际,努老师走过来问我兰花养得如何?见我诧异,就告诉说,搞美术的人善于观察。苏老师过来帮腔,你的眼睛已经说明了一切。大家一起笑。

我如实讲了养兰花中遇到的困惑。他分析,你培植花土、分株装盆没有问题,问题应该在浇水上。"养兰一点通,浇水三年功"。"一点通"是讲,兰花是懒人养法,薄肥瘦土,宜干忌涝。浇水"三年功"是指,要讲究方法与时机。浇,一定用清水沿盆边徐徐浇入,一次性浇透,再浇就等盆土见干以后。夏季一周,其他三季半个月左右,早晚实施。切忌用残茶水、洗米洗鱼水浇兰花。通风必须好,喷水后要尽快风干,来不及就用风扇吹干,切忌水入花蕊,否则一定是烂根枯秧。我问如何掌握土的干湿?他用右手食指将花盆土拨开二三厘米,说:"这种办法,简单实用。"又说,兰花水土干净,我们搞版画的"左进右出"为常识,即一只手专门用于接触刀具、油墨、木屑和污物等。我忙扭头看,果然关老师、苏老师右手满是褶皱、老茧,并被油墨浸得黑渍,留有专业性的痕迹。回来路上,苏老师感觉聊版画未尽兴,说:"你真行,见菜就下酒,三句话不离养花。"我嘴上赔不是,心里美滋滋的。

去年三月,在小区遇到物业绿化班的刘师傅,问我要不要花盆。以前我跟他聊过养花种草,到绿化班拿过花肥,给他送过几次茶叶。他说,许多人家春节摆放的花都败了,扔出来了。跟他到温棚一看,狼藉之中竟有枯黄的兰花草,拨开土看到花根尚好,就带回家洗根、晾晒、换土装盆,不久有几盆缓过来了。看到兰花重新萌芽、展叶、生长,心中不时生出几分成就感。

少则得,多则惑。密集绿植是利于花草生长,可是一阳台的瓷盆瓦盆惹得家人不高兴。送给谁?给几位兰友打电话都说不感兴趣,唯独努老师捧场,让我送两盆过去,还回赠我一张小幅版画《窗景》。画面上一扇夜色中的明窗,悬挂着花格蓝布窗帘,远处一弯新月,窗台上一株兰花竞开。画幅虽说不大,但是构图简约,用刀大胆,色泽饱满,是努老师家景活脱脱的写照。我打电话给远在沈阳的苏老师。他祝贺我得到了一幅佳作,又高兴地告诉我,他也养兰花了。两个人又聊了东北养兰、西北养兰的花经。

兰花质朴、清幽,是深受中国古代文人墨客喜爱的花种。人们常用"空谷幽兰"来形容一个人性情淡薄,与世无争,想来极其符合努老师的品性。搞版图没市场,也没有多少展示的机会,他依然执着与坚守。我养兰花是老鼠进了瓷器店,但是悬挂在房间的版画,养在阳台的兰花,仿佛在墨香、花香熏染下,也有一些性情上的进步。养殖兰花满足兴趣爱好是一个方面,结识许多同道朋友也是一个方面。为此,我常自豪地说:"我养兰是版画老师教的,我的朋友中有文化人。"

父亲的茉莉花茶

少小时父亲爱喝茉莉花茶。装茶用一个半球形的玻璃瓶,瓶子是村卫生所装脊灰疫苗儿童糖丸剩下的,标签上画有一高一低两个趴在地上的儿童。每次花两三角钱,买二三两茶装进去。受它误导,我一度认为茶是一种只有大人才能喝的"苦苦"药。干活累了父亲会喝茶解乏,没事闲暇也以喝茶打发时间。高兴、忧郁了喝茶,来客、独处时也喝茶。茶入不敷出是常情。一旦没茶了,他会把大玻璃茶瓶倒过来,拍打瓶底往外控茶叶渣。没茶又耐不住口淡,也会捏几个金银花投入搪瓷茶缸里凑合。那个年代贫困是普遍的,缺吃少用的人家比比皆是。谁家来了亲戚朋友,借一把茶不跑几家才怪。柴米油盐酱醋茶,茶处于末位可有可无,哪家能有一罐茶算是日子过得好的。茉莉花茶好闻好喝是优点,但它的寒凉害脾胃。那时母亲常犯胃疼病,父亲就将家里的红枣、枸杞放上几粒,或放入煎熟的生姜片、炒煳了的大米,制作成"药"茶,由母亲单独饮用。这又是一种喝法。当下,为了解决"寒凉"问题,有些地方用红茶、乌龙茶替代了绿茶。对比一下,花香依然在,只是少了清爽的配位,就丢失了"清香"的特色。如果父亲仍然健在,估计他也不会选择改良后的茉莉花茶。味,还是原来的茶来得地道。稍大一点,常坐在父亲身边听他讲"故事"。故事不是书上的,不是寓言、神话、典故,因为他不识字,也不怎么相信那些"三娘教子"的传说。况且,他最听不得谁说东家长西家短,或是狐妖鬼怪的惊悚,将其一律斥之为"胡咧咧"。他讲历史事件,文化习俗和自己的经历。等茶水凉了,父亲就把他"专用"的搪瓷茶缸递过来,让我们一个个尝尝。一个茶缸子他喝,我们兄弟姐妹也跟着喝。这时才懂了为什么父亲常抓一把茉莉花茶闻闻,然后开心地说:"好茶,好茶。"因为茉莉花茶里藏着一股非常好闻的花朵香。用茶沏水,喝一口是味苦,但是水中含茉莉花香。茉莉花香入鼻也入口。茉莉花茶原来是一个好东西。

哥哥参加县建筑社(公司)工作后逢年过节都会买茶,家里的茶叶罐才慢慢满起来。刚出门那几年,每次探亲回家刚好在北京中转,我就在倒汽车的间隙去买茉莉花茶。北京不产茶,之所以认准北京,也是源于父亲挂在嘴边上的话:"没有比北京人更会喝茶的。"这种认知是如何得来的,他没有说,但我推测不外乎就是,"北京是大地方是首都,北京人爱喝的茶一定错不了"的思维"逻辑"。过去北京市民是爱喝茉莉花茶的,时过境迁的当下应该不再是花茶当家了。父亲见到茶还是老习惯,抓一把茶放在鼻子下闻闻,然后满脸堆笑地夸奖:"好茶!见香不见花,见花花不开。好茶!"噢,想念父亲了!

贫穷下的茉莉花茶给人的印象格外深刻,而父亲的喜爱铸就了我喝茶的底色。但我不悲伤。因为他并没有走远,那笑脸就浮现在袅袅茗烟和淡淡茶香中。"茉莉花茶呀茉莉香,深深山川呀是故乡。儿女的茶呀父亲的笑,白云悠悠呀风微微。"

遐　　想

　　朋友亚非体恤，怕我"下岗"寂寞，心情受影响，利用周末撺掇几个朋友一起叙叙。不惜热情、时间和工资，在当下社会生活压力这么大的情形之下，仍然没有忘记朋友，这份真诚我十分感激。

　　进门看到方威、建国让我十分惊喜。他们两位是一起在兵团连队里长大的伙伴，是一同从沙漠深处走出来的同学，也是我的兄长、师者和朋友。1993年相互认识以后，我们在不同岗位上有交集，无论是学习、生活，还是工作，他们给予了我方方面面的关心与帮助，一直是我尊敬的人。因此可见亚非为人处世的周全。

　　方威，青年时期就显露出了文学天分，在30岁出头出版了《叶尔羌河》短篇小说集，随后其他作品也陆续刊发。

前几年由小说《叶尔羌河》改编的电视连续剧在央视展播后，一度引发了人们对新疆生产建设兵团的历史、业绩和未来的关注。他四年前从岗位上退下来以后，没有在社会上谋一份兼职，也没有干其他事情，安心在家里读书写作。

喝酒说话多，是方威兄长的风格。他领杯喝酒时强调："退休以后，绝对不能为了几个钱，不甘寂寞空虚，就投靠到权贵门下。说是打工，其实是乞讨，出卖剩余价值。人，应该是有选择、节制的。"边说边用眼睛看建国，建国微笑算是回应。

建国做了小手术刚出院，今天只是小酌应景。按他的说法，相聚重在于相见与叙旧。他是在座中唯一的个体老板，曾在电子用品、煤矿开采等行业干过。现在年过六十心劲也小了，夫妇俩进京带孙子，同时，在北京与朋友一起承租了一个小宾馆，说是图个吃住方便，打发时间。两人虽说文商相隔，但存"焦孟"之谊，在"三观"上也属于一致。方威话是冲着建国说的，话外音的指向，饱含的关怀与提醒我能领会到。

薛女士赞同方威的观点，补充说："事业、家庭和兴趣应该是组成每个人生活的三驾马车。"今天在座六个人，她与另外一位番禺来的朋友是我第一次见面。她从医数载，曾经是方威、亚非的同事，离开医疗体制也没有再找事情做，全职于家庭。用她的话说，一身医术只服务于儿子、家人和朋友。亚非长期从事组织工作，曾在几个单位任领导，为人真诚坦然，富有经世智慧，虽说是当桌地主，却坐在了下手位置，鼓励大家多说多聊。席间唯有请客的他，与我这个事主不喝酒。他不喝是碍于禁酒纪律约束，不愿逾越雷池禁区。我开了车不能喝。酒少喝能助兴，不喝酒多少有点放不开，自然成了听众。

谈话时间一长，话题就分散了。谈了新疆文学界当下关注的问题，谈了网络发展给行业与家庭带来的冲击，也谈了人的情怀在人生中的能动作用。因为是我退休聚在一起的，后一点说得比较多，恰巧老方、建国和小薛都是新疆人，热爱音乐，又听歌手李健的歌，就一起说开了李健。音乐人李健自然是躺枪。列举了许多例子，讲得最为生动的当属李健的音乐生涯。

李健出道的组合为水木年华，他们2001年第一张专辑《一生有你》就获得了白金销量。按说，接下来就可以"边走边唱"，商演不断，捞金圈地，享受大红大紫之后的荣华。他没有。在组合面临只有一条道路可走的选择时，他毅然决定退出。李健告诉卢庚戌："再做下去，我感觉我快要失去自我了。这样做下去，我知道会有名有利，可是心丢了，那些热爱也就丢了。"

退出组合，淡然江湖，他全身心投入音乐创作，在当下许多人难逃"寂寞黄昏独自愁"的宿命下，李健也一度如此。直到他写的作品《传奇》，经王菲在春晚演唱后，传遍大江南北。

我想，他们讲这个故事不应该是给我一个人听的，也有部分道理是为当下的状况找一个支撑的理由，找一个可以下来的台阶。面对诱惑、挫折时，人应该清醒，内心的东西不能变，理想追求不能动摇。大家喜欢李健一部分是由于他的音乐，另一部分正是他对待音乐和生活的态度。

回到小区，夜色已深，进电梯时遇到了住8楼的高考生。她戴着耳机，穿着一身蓝间花色的运动服跑着进来，"叔叔好！""你好！考得怎样？""还行。"小姑娘爽快回答，好像不反感这个话题。

"考到哪个学校了？""北大。""什么，哪个学校？"我听得不太真切，追问。她看着我放慢语速："北京大学。""噢，太棒了！祝贺，祝贺！"小姑娘笑着像小麻雀一样跑出电梯，不忘喊一句："谢谢叔叔！"

进家门，我把这个消息告诉了爱人与女儿。她俩一听，高兴地跳了起来，连忙说："真的？太棒了！太棒了！我们楼道竟然出了女状元。明天见到他们家的人一定要好好道喜祝贺。"

其实吧,我们两家并不熟悉,彼此知道各家情况,见到只是点头问好。上个月,一同参加了12楼穆塔力甫儿子婚礼,两家坐在了一张桌子,再遇到往往寒暄几句。穆是我家邻居,喜事让我们凑在一起。一次,我向她爸爸提出了"这么年轻怎么就退了"的问题。老张两年前正值风华正茂又任领导,也在人们揣测他下一步如何发展的时候,他却自主要求退了。

他讲了一些心路历程。一个人在外省,爱人在一个地方工作,女儿又在另一个地方上学,一家人天各一方,面临许多生活困难。是选择家庭安稳,还是坚持事业发展?这一再考验着他和一家人。在他任职五年,女儿面临上高中时,他决定辞职回家陪伴女儿读书。没有埋怨、没有失宠、没有跳槽,只有亲情。他的一番话解开了一直让我猜测的疑问,也给我诠释了退与进、得与失的人生观。

放弃仕途,归隐田园的陶渊明,写下了"悟已往之不谏,知来者之可追,实迷途其未远,觉今是而昨非。"当老张面临亲情与事业考验时,他也选择回归家庭,做了一个宅男,培养了一个大学生。现在来看,无疑他当时的选择是正确的。正如他说,退一步讲,就是没有女儿考大学这件事,让他现在再一次选择,他仍然会揣着一颗淳朴的心回归家庭。换位思考,如果是我又会如何?相形见绌。是啊!不懂得放手的人,结局不一定悲惨;懂得放手的人,结局注定不会悲惨。换言之,不用惧怕未来。怕也没有用。只有舍去苟且的生活,才能得到人生精华的境界。

这一夜的所遇所见令人回味,让我对退休后如何安顿自己,有了基本答案。

鼠尾草

中秋与国庆同在一天，说来也是难得。为了把节日过好，为了给房间添一点色彩，首先就想到了鲜花。等我俩出门才发现四周已经被占领了，满街都是"城里人"。估计市里几分之一的人到了水西沟镇，把小镇"宽窄巷子步行街"都给撑开了。说来也是，城里的月光和空气输给了尘埃。加上从业劳累、生活压力让人负重不堪，好不容易等到一个假期，"借口"也好，机会也罢，不往山上跑还能怎么办？刹那间，作为"乡下人"的我第一次有了点"自豪"感。这个时候不跟他们挤了。于是，我们放弃花店转身向村东头花棚的方向走去。

山风把杨树的叶子吹得萧瑟作响，把路边野蔷薇疏疏落落的果子像一盏盏小灯笼般吹得摇曳不定。野草已渐变枯黄，啄食草籽的麻雀不时被我们惊起，"扑棱棱"飞到杨树上，"叽叽喳喳"地叫，半黄半绿的叶子从空中旋落。温暖的阳光，热的我摘下口罩，敞开外衣扣，仍然感到肩膀、脊背痒痒的。"秋气堪悲未必然，轻寒正是可人天。"道路边上的蔬菜大棚大多掀了薄膜，拔掉菜秧，翻开土地，正在晾晒除菌。里里外外不见人，连鸡狗的踪影也没有，种植户应该是回家过中秋节了。承包大棚没有忙闲之分，一年中难得喘歇上几天。按照节气过不了几天又要覆棚换茬，种植反季节蔬菜，为元旦、春节采摘进行前期准备，那又将是忙碌中的每一天。届时，"城里人"的餐桌上将摆满由黄瓜、西红柿、笋子和四季豆制作的佳肴，那一颗颗红红的草莓也是不可或缺的。不过，蔬菜、花果棚是分开的，还要走上几步，才是花卉基地。

花卉大棚只把棚沿掀开采光、通风，花农仍然在棚里喷水、筛土、搬盆和剪枝，从老远就能看到一片一片五颜六色的花。一对貌似父子的人正在卸肥料，我走上前，说："老乡好！过节还在忙啊？"花农的父亲微笑着看着我们，花农说："您来了，"扭头朝棚边房子大声喊，"出来一下，有人买花。"花农的妻子双手沾着面，伴随着一团蒸气出来了，说："要啥自己选。"在她脚后出来的应该是抱着宝宝的儿媳妇。万老师见孩子太小急忙上去阻止，我们就是来看看，快把孩子抱进去，别着凉了。小媳妇大概二十多岁，个头儿不高，皮肤白皙大眼睛，穿着整齐，略微有点胖，估计与刚生了小孩有关。说话语气轻缓，自带三分笑，天生一副讨喜的俏模样。听到劝告，她将孩子递给婆婆，带头向大棚里走去。大棚三十多米宽，足有三四百米长，好几亩地的面积。培植的是用于广场美化，摆置景观的豆蔻、石竹、喇叭花、万寿菊等。当下留在棚里的还有一大半。"往年一株一元钱，今年便宜，一株才几毛钱。""能不能留着过冬？""那不行，本钱会更大。"她讲，一家人是从甘肃民勤来的，在东湾村种了十几年的蔬菜和花卉大棚了。起初只种一两分地的一个棚，逐渐扩大到十几个温室、大棚，规模越来越大，但是经营有了难度。"遇到好的年份，可以积攒点家底。像去年前年可闹心了，今年算是好年景了。"当然，这些只是她说的，究竟是什么情况，不便深问也不能下结论，但是从大棚现状来看，已经秋天了，草花仍然还有一部分，估计收入的盈余不会过多。她刚生过小孩，应该还在身体恢复期，但是从双手的皲皱程度可以看出，早已操劳家务和投入生产之中了。以小媳妇的言行举止，如果放在写字楼里绝不会输于任何人。万老师见话题有点沉重，就打岔问孩子情况。提到孩子她又笑了，说："四个月了，每天中午抱出来晒太阳，不出来就哭闹，越来越不好带。现在的小孩子一个比一个精力充沛，从小不愿意睡觉，不愿意待在屋里，也不怎么怕见陌生人。"我暗自想，这么大的孩子都是明亮的黑眼睛，红嫩嫩的脸蛋，一挠一抓的小手，十分惹人喜爱。

一种开蓝色穗子花的小型草花是我第一次见到的。她介绍说，它叫鼠尾草，属于多年生草本植物，花期一两个月。弯下腰仔细看，它呈单株丛生形状，茎条似有棱角，上面挂着纤毫。叶片呈长形，脉络明显。顶部抽出像麦穗一样的花瓣，花序长十厘米左右，蓝紫色，带有淡淡的樟脑油味。不听介绍，我一定将它猜为薰衣草。区别是它少了薰衣草花的紫，长了辣椒一样的叶子。她见我喜欢，又说："它是种在大田的花，放在屋内屋外，管与不管都不碍事，偶尔浇浇水就行了。它还能煮水外用，止痒除湿，也可以驱逐蚊虫。"当听到"一株五角钱"的价格时，我心中一颤，培植一年的花，价格又那么低，竟然卖不掉？

今天，虽说没有买到娇艳欲滴的海棠，凌白纤姿的秋菊，却认识了鼠尾草，这也是一种意外的收获。傍晚，将鼠尾草装盆，浇上水，摆在花架上，一轮又圆又大的月亮已经升上枝头了。月光从窗户探头进来，静静地俯视着鼠尾草，鼠尾草也抖出了精神，花穗越发蓝得浓郁，叶子一动一动的，仰望天空中的月亮。四周静谧无尘，只留下一脉清雅。

第四辑

不经意间的触动

扫码查看
☑ 活动瞬间
☑ 滑雪课程
☑ 喀什掠影
☑ 系列好书

杏　花

　　三月的风是轻柔的,尽管它缓缓地吹拂,还是引发山坡上杏树的花枝像水波一样的晃动,散发出阵阵幽浮的清香。这些杏花是我昨天发现的。因为刚从老家探亲回来,对新疆春寒料峭的气温有些不适应,一直将自己关在屋里,生怕不小心受了寒凉。其实,小草早已发芽,树的枝条孕育了芽苞,个别的小青年穿上了短袖衫。冷,是我认为的冷。新疆的春天来得晚,不只是气候,还有人的认知。这些杏树是前些年栽植的,植株高两三米,树干只有小胳膊粗,枝条纤细柔弱,似乎勉强撑着满枝的繁花。初开的杏花,花瓣圆润,花蕊稚嫩,花朵白绿中略带粉红色。而一些早开的花在褪去绯红后,颜色转化为纯净洁白。估计用不了多久,待到花瓣逐渐飘落,便结出一颗颗花椒籽大的青果。花期大约半个月，使人览胜。傍晚来这里的人少，恰好可以多看看。此时微风，不见枝条摇晃，只见花瓣闪动，像是一串串蝴蝶站在上面扇动翅膀。这种景象只有站近了才能看到。三十多年前，我就是这么站在树下看花的。那不是去赏花，不是在这个山坡上，也不是少年时的家乡，而是在喀什的乡村。也曾设想过，同样是乡村，为什么给人的感受不一样？如果家乡的春天，也像这般繁花遍野，炊烟袅袅，该有多好！事实上，冀东老家的田地里通常不栽树，树遮阳光噬地力，影响庄稼收成。庄户人家院里院外也很少栽杏树。

当时我刚到新疆没有几个月，在单位担任收发员，兼任养猪养鸡的职责。饲养是单位的"自留地"，虽说它零零碎碎，但是能够解决人头伙食费不足的问题，攸关二十多口人的肚子。养猪养鸡没多少技术含量，喂一喂食，清扫清扫粪便，并不难，难的是没有饲料还要去养。那时，人的口粮都不够吃，猪鸡能吃上什么，除了一点厨房泔水，偶尔买一些麸皮外，其余全靠挖野菜、割茅草补充。将野菜鲜切拌上一点麸皮，再掺和上干草粉以当猪食。尽管说每天三顿按时按点地喂，它们仍然白天夜里地嚎叫。我们班的5个人，几乎天天在打猪草，加食加量地喂，只怪野菜野草果腹不充饥。也许是春天令人心动，也许是喜爱杏花，也许是看到了未来可期，那时的我不知是哪来的激情，干什么都觉得有劲。尽管打猪草的时间长，频次多，可我愿意在杏树林里劳动，喜欢一个人站在树下发呆。第二年的春天，心血来潮地写了一篇以杏花为题的小短文，向《喀什日报》投了稿。不承想就发表了。稿子写了八百多字，刊用了不足百字。拿着那张3元钱的稿费汇单我高兴得不知道如何是好。本想不取出来留着它作纪念，但终是抵不过"巨款"的诱惑，迟疑几天还是取出来花掉了。按说应该买本书才对，没有，我买了一件红色运动背心穿在身上，从此打篮球我不再光膀子。那是我第一次品尝到"发表作品"的喜悦。受到鼓舞，有一阵我暗自使劲,写了一篇又一篇,一次又一次地投向各种报纸杂志,令人难为情的是除了退稿还是退稿。静下心来想,还是自己底子薄。就像许多评论家所说,在文学创作上,热爱与勤奋只能起到次要的催化的作用,而文化素养、个人天赋才是决定因素。虽说对这样的现实心有不甘,可是接受起来也没有多难,正像是杏树的花不是所有的都结果。我决定在补习文化课上下功夫。但是那一次的成功无疑为以后的写作埋下了一颗种子。至于为什么写作要暗下功夫?不知道别人知不知道,而我确实知道"退稿"的意味。文稿不被选用,能力尚不被认可,不是什么问题,完全能够接受。不能接受的是写作行为不被理解,甚至是由此对你这个人贴上各种"颜色"的标签。我的不惧怕,是因为我使用了笔名。使用笔名不影响收到退稿,退稿也没有人知道,一旦刊用又不妨碍把稿费取出来,能够这样做归功于我负责单位收发的便利。写一写看在眼里装在心里的东西,初衷是热爱。

1984年学校放寒假,我离开家乡五年后第一次回家。我的激动和父母的高兴自不必说。一次,我站在院子里晒太阳,父亲说开春以后要在院子里栽几棵树,还问我栽些什么好。"栽杏树。"我不假思索地说。以往在诸如此类问题上我是没有发言权的,父母也不可能征求我们的意见,这次父亲明显是高兴的,想以此表现些什么。母亲笑着搭腔:"还是栽大树吧,杏树太招孩子。"母亲说的大树是指柳树、杨树和槐树等,这些树栽下去用不了几年就能长大成材。另外,家乡的孩子偷秋勒穗、扒瓜摘果是家常便饭。两天后到一位同学家吃饭,他也说到院子栽树的事,一个桌子上的人,有的说栽苹果树,有的说栽山楂树,我的提议是栽杏树:早春看花,入夏就能吃上杏子。起初,大家只是不吱声,见我瞪着眼睛等回应,才表现出疑惑、吃惊的样子。同学新婚的妻子小声说:"杏花'白勒呲骨'的不讨喜。不能栽杏树,红杏出墙怎么办。"大伙附和地起哄。杏花"道白非真白,言红不苦红",自古被视为春天的象征,纯洁美好的化身。"一枝红杏出墙来"描写的是春天的勃勃生机,不是以物拟人的喻讽。另外,《本草图经》等经典文献也有"杏坛""杏林"之称,以杏为媒介寓意神圣、美好。这些不用多说大家都知道。至于它怎么就不好了,估计谁也说不出个所以然,顶多是坊间那些传言和戏说。可是世俗的东西一旦形成,又容不得人去辩解,反而不关正确与否了。摇头之余,我想到父母的不栽杏树,估计也是忌讳这些。后来同学是如何做的我不知道,知道的是父亲在院子栽了槐树。别说,多年以后家里盖房子这些树还真的派上了用场。若干年以后,在读清初李渔《闲情偶寄》时,确实发现了"树性淫者,莫过于杏"的叙述。进而发现,自唐以降题写杏花杏子杏树的诗词也是褒贬不一,又一次印证了自己的才疏学浅。至于信与不信不置可否。客观上讲,文学作品与植物、治园和数理的著作相比是缺少权威性的,但是其影响力却不低于后者,勉强作为杏花不良形象的出处。

春天是自然赋予的季节,但是它的美好又关联到心。春天的杏花也是如此,既有绚丽多彩,也有凋零空寂,不同的人因不同的人生际遇,对它的认知也不一样。此时此刻的我又想到了喀什的春天,辽阔的原野,无尽的村庄,漫天遍野的杏花迎风怒放。那一枝枝杏花像是照进了天空的镜子,不但照出了杏花的娇艳,更照出了生活的勃勃生机。

花 田 印 象

种一万多亩花卉，不是一个小数字，不可能轻而易举完成。再说，这里地质贫瘠、干旱少雨、气候干燥，并不具备花草树木生长的自然环境。况且种植大田花卉的收入绝对不及敷出，但仍然有人干，且种植面积一年比一年大，品种越来越多，会不会让人感觉不可思议？

站在田埂上看，一丛丛、一垄垄花卉在南山北坡上铺展开，像几溪漂泊着花朵的浅水河，依次从山谷倾泻出来，流过一道道沟、一道道梁，在黄褐色的土地上，涂抹成大块大块的五彩图案。虞美人、波斯菊、薰衣草和"古代稀"，形态各异的花朵冲击着眼睛。风轻轻吹过，那一片片的摇曳，像是宝石矿山斑斑光彩的闪耀，像是海面波光粼粼的影像，又像是走进了芳香四溢的山谷，给人编织出一种朦胧的梦。

这一景况显然不是造物者的天赐，也不可能由一家一户完成。它由种植公司运作，水西沟镇东湾村出土地、出劳动力，起名"南山花海"。村外的人游玩要买十元钱的门票。花，是美丽的，谁能不追求美？游人天生有一双发现美的眼睛，她们不会在美的面前吝啬、迟疑。一车车、一群群数百上千的人到来，但分散到万亩之地，几乎被花田淹没了，或是成了百花丛中最为浪漫的一株一簇。

它的壮观似乎与大面积的油菜花、向日葵和薰衣草可以媲美，但是二者区别在于种植目的：一个在于收获种子、果实，一个则单纯为了欣赏。使人想起岭南水乡的春染桃红、荷叶田田和撩人的月色，让人滋生出岁月静好的感受。但是它不是忆江南，不是大面积的经济作物，不是一幅写实油画作品，而是真实与存在。遍地的鲜花恰恰开放在西域丝路的天山脚下，一个被人形容为"长河落日、大漠孤烟"的地方。

美是天赐的，美是用双手创作的。首先要肯定种植公司的执着、专业和情怀。其次要说一说花田的劳作者、管理者。那是一群祖祖辈辈放牧的哈萨克族牧民。他们行走在花垄间，面向花卉人低头伫立，寻找着该干的活计，不时蹲下梳理一下地灌的管道，弯腰挥锄清除花间、沟埂上的杂草。与其说在履行花工花匠职责，那举手投足间又恰似守护一群埋头啃草的牛羊。一样的熟练，一直的专注。

与一位花工大叔擦肩时，发现他毡帽下的耳朵上夹着一朵玫瑰花。举着手机拍照，他并不躲闪，憨憨地朝着我笑。跑过来一位戴着志愿者标志的哈萨克族女中学生，指着一种直立、多分枝，花色有粉、白、紫的花卉，向大叔打问名称。他说："古代稀，有再会，春天的意思。"这个类似串串红的花竟然有这么一个诗意名字，我第一次听说。再问，知道他们是兼职到花田当工人，家里仍然养着牛羊，这样可以多一份收入。从他讲述"古代稀"这一个知识点来看,显然他与他的伙伴们接受或是喜欢上了这项劳作。放下牧鞭,拿起花锄是一种生活方式的转变。把大地当作家园来打理,对牛羊的膻腥味与花草的芳香一样痴迷,可谓是一种境界。

一方水土的明亮,乡土之上的斑斓,别有一番天地。我的体验,在这里走一走,拍拍照,不失为一种绝妙的放松,会使人消除疲劳,缓解紧张情绪。看着看着我流泪了。按说,我已过了对所有事、所有人敞开胸怀的年龄。戈壁滩开了花,放羊人操作起园艺,利益不再是第一位的追求,又怎能不使人感动?当人们不再为吃、不再为生存而劳累时,我仿佛看到了人性的光辉。

诗和远方在于山海云天,更在心地辽阔。面对花田谁会无动于衷?与其赞美那山那水,赞美山里人的执着与追求,不如动起来种花养花爱花。不可能每个人都拥有一片山、一方水,任由我们挥洒汗水,但是在一个花盆、一只水盂上巧用心思,也是一种境界。尊重美,尊重闲情逸致,才会尊重生活。"走,种花去。"

初　雪

　　没有起风起雾，没有大幅度降温，也不是天气预报的雨夹雪，如同平常一样的初冬的雪，却一股脑下了几天。这第一场雪就是大雪。

　　对于雪我是钟爱的。无论是漫天飞舞的大雪，还是轻慢疏散的小雪，或密匝匝地下，或倏倏地飘，总引山水灵动，不自觉间就产生近天亲地的兴致。"初雪为欢谣，再雪犹喜视"。看朋友圈，颂雪晒雪的人不止一两个。有的诗思感发："万里天山皆玉立，千家楼阁尽银妆。枕边疑月侵窗白，树里看花扑面香。"有的晒图片：一束光下，空灵的夜雪飘逸地旋转。有的关心环卫工人，呼吁人们尽量不要开车外出，自觉加入清雪队伍。有人表达更为简约：雪天的小米粥真香！有人想起了手上的冻疮，曾经雪地中的艰难跋涉。有人写下了"有雪无雪,都是虚张声势的白。像年少时盟约,一转身,岁月就将它覆盖",讲了忧伤。

雪,冬天的宠儿,盖大地梦酣,激人们性情,顿时将人间带入了童话。古今一理。相传宋代建康时期的李清照每逢下雪便邀丈夫赵明诚外出觅诗,每得佳句。赵明诚碍于诗意才情,往往难以匹敌,而怯雪懦游,竟然成为一段佳话。当下有人效仿,下雪之时邀约知己佳音赏雪览古意,看厚地高天,融四野无涯,借飞扬的雪花经营浪漫,温润心境。我想到了儿时下雪天地玩耍。虽说仍然有少年心,再去堆雪人、打雪仗显然不合时宜,就找人少的地方跳一跳,踹踹树,在雪地里听着踏雪"咔咔咔"的声音走一走。不过,也只能如此了。

一个人沿着街道向郊外漫无目的地走。开始有点冷,不停地捂脸揉鼻子,走走浑身就热了,把手套脱了。路边林带落下了一层雪,几乎将杂乱的树叶枯草埋进了雪里,极少陡坡的地方还支棱着,显露出片片叶子的褐黄。小叶梧桐树、白蜡树和零星杂植的夏橡树都白了枝条,只有松柏树还依然挺立着,反倒是雪给绿绿的针叶让出了位置。远方的山峦、森林和近处的楼宇已经融于纷纷扬扬的雪中。行人稀少,偶尔遇到,头发衣服上也铺满了雪,一转眼又消失于雪的幕帐中。我站在路口等绿灯,抖一下肩膀,雪簌簌地往下掉。伸出手接上一会儿,手上就轻轻地落上一捧雪;舔含在嘴里凉凉的,心里遂有一种甜甜的欢愉。

"老钟今天没有遛狗?"在院子里碰见楼上邻居,我随口问了一句。老钟平时话少,多数只会"嗯,嗯"的回应。刚住邻居时听他"嗯嗯"的,以为这位副教授态度傲慢,后来见他跟谁都是"嗯嗯",也就习以为常。今天不知道他哪根筋绷了一下,竟然拧开了"话匣子"。双眼炽热地看着我,一五一十地讲了连续两天带着犬到野外刨雪撒欢的过程,绘声绘色地描绘犬对于雪的认知,对于玩雪的热衷。一而再地强调,下雪是人宠共乐的良辰美景。

以前,每天早上看他在楼前山梁子上遛狗的画面比较滑稽:硕大壮实的黑狗走在前面,将牵引绳绷得紧紧的,老钟上身后挺跟在后面,一副不情愿的样子。这么大的雪,本以为他会闲一闲,谁知跟狗一块撒欢去了。这次他还告诉我,为了防止家宠干扰到楼下的我,也为了防止房间热对狗不利,卸下了小房间(犬舍)的地暖管子,用砖石沙泥重新铺垫了地面,等等。我问他养狗有那么多讲究吗?谁知他还挑了毛病,反复强调:"犬,是犬。"意思是他养的是犬,不是狗。犬不就是狗吗?看来他对养狗是真上心。那么每天的遛狗也一定是他的热爱。

到车行去换季保养,虽然没有提前预约,却发现我的雪地胎已经放在地沟里了。我夸奖许老板用心周到,他却略有羞涩地说:"李哥只剩你没换了。"他老婆过来打招呼:"李叔您旅行回来了,玩得怎么样?"又说,"您的洗车卡都过期半年了,赶紧用。要不今天把车也洗一下?"不等我回答,就安排手下:"赶紧的,把李叔的车洗干净点。"有人见状就凑热闹:"李哥李叔喊得这么亲热,干脆把座椅套垫也换了。"一听这话我忙说:"洗洗车就算了。今天没时间,还要去卡子湾吃驹骊。"心里说,本只想听一出折子戏,别唱成了大全套。

"什么,还有驹骊吃?我快买不起羊肉了。""可不,烤火费、物业费都涨了,这个冬天怎么过呀!"一句"驹骊"捅了几个老车友的痒处。雪是轻盈的,落在地上一派洁白,但落进人心里就有了不同的分量,会染上不一样的色彩。

冰碴驹骊,是新疆草原上的一个形容词,专指吃了初雪后挂着冰碴草的山羊,吃雪地冰碴草长大,到了这个季节只有四五月的大小。宰杀后肉质细嫩鲜美,没有膻腥味。早一点的羊羔吃了秋草,等雪把大地覆盖了,再下来的羊羔子吃不上冰碴草,都不能算是"驹骊"。驹骊只能是山羊，因为绵羊啃不动冰碛草。山羊多数散放在山上，喜欢到悬崖峭壁上吃草，而越是陡峭的地方药用植物越多。人们称这种山羊肉为"药肉"。对此，牧民历来比较讲究。有人戏称，没有吃过冰碛驹骊，不算尝过新疆羊肉的鲜美。

许久不见，有说不完的话。大口吃肉、大碗喝酒几乎成了新疆人饮食的代名词。虽说这一说法有以偏概全的问题，却是今晚吃清炖冰碛驹骊，男女纵酒欢歌的真实写照。夜渐渐深了，雪越下越大。分手时大家约定再聚，没有惆怅，只是依恋和满足。

对于雪，对于冬季我是感恩的，是它赋予了我不一样的生活体验，给了我蓄养藏锐、敛声屏气的机会。回来的路上我想起了一首诗："假如我是一朵雪花，翩翩地在半空里潇洒，我一定认清我的方向——飞扬，飞扬，飞扬——地面上有我的方向。"

又是一年飘雪时

天山南北的雪向来都是不请自到。虽说今年气候偏暖，秋气延宕，树的叶子还没落净，雪花却悄然飘落了。它急缓相间，时大时小，不曾停歇。一次的雪也有一次的不同。往年写过《初雪》，但今天还是有话想说。

北方冬季是雪的主场，初雪之后则绵绵不尽，接二连三。许多人认为它过于频繁、漫长，长得使人觉得单调、腻歪和困顿。这种感受是如何而来？我不太了解。因为我向来喜爱雪，有雪的日子里总是感到生活有滋有味。且不说深冬后的滑冰滑雪、围炉夜宴和追山猎兽，单说这初冬的雪，它的轻盈飘洒和密匝，就宛若梦幻之境，简直是美艳至极了。

不信，你看，一派洁白朦胧，到处都是婀娜的风姿。一朵一朵像云端飘散的白花瓣，像秋风卷起蒲公英的花伞，又像是无数的白蝴蝶,在苍茫的天地间穿梭、沉浮、荡漾,划出一道道长弧线,仿佛编织着一件雪绒丝的衣裳,笼罩山地、城市和村庄,捂住温度,抵挡风,吸附了微尘。雪花温柔以待万物,平时看似破旧的房屋、杂草丛生的院子、一幢幢钢筋水泥浇筑的建筑,都一下披上了新装,晶莹一体。站在、走在雪中,它温柔地落在手上脸上身体上,会有一丝寒意,但是冷得轻微,冷的静默,冷得令人愉快。雪花一片一片落在枝叶茂密的树上,渐渐成了一条条雪线、一沓沓雪叶,甚至在稠密的树冠上堆成了小雪堆,压得大树小树弯下了腰。挂在枝上的红枣、杏子、海棠果戴上了一顶顶小白帽,白中透着红,红又衬托白,把果子催生出幽浮的青叶味、水果香。熟悉的、陌生的都有了改变,雪花构成了一个宏阔美丽的世界。

傍晚,雪渐渐地停了,我正好出去转转。本以为下雪天的街上会清静一点,谁知风雪不阻行路人,与平时相比较,车辆、行人不见减少,反而多出了许多赏雪、踏雪、玩雪的人。

小孩子由大人抱着,穿厚墩墩的衣服,头上戴着各式帽子,伸出小手接着零星飘落的雪,呵呵地笑。雪也让少年忘记了课后作业,或是家长开恩破了例,任由他们甩了手套,拿着塑料铲子、小木板三三两两地堆雪积雪。估计是想堆雪人,因为雪太薄、太浮松塑不成形,堆就了一个个雪面包、雪馒头。但一个个热情不减,小手不禁冻得通红通红的,不停地举在嘴边呵热气。行人不再行色匆匆,不时有"哈哈哈"爽朗的笑声,火锅店里灯火通明。雪后的夜,空旷、凛冽,别有一番意境。

雪,冬季的精灵,使人认识到,在经历多彩并有几分寂寥的秋天以后,内心深处一直期盼着雪,期待着雪的洁白、飘扬和寂静。雪代表着内敛、清新和成熟,意味着放下、包容和欢乐。我喜欢它略显寒冷的温度,恰好催生人的兴趣与活力。喜爱它悄然无声地来、悄然无声地去,不惊扰忙碌的人,不怠慢闲适的人。喜欢它不受任何因素干扰,自顾自地飘飘洒洒,纷纷扬扬。

海棠花开

前几天一直阴雨,天气才放晴,温度就陡升了十几度。只在这一转眼工夫,路边、楼下和公园里的海棠花就芳姿烂漫了。一晴方觉夏日来,满院海棠带露开。

海棠是园林绿化的重要树种,不挑土质肥水,不畏寒来暑热,培植技术简单,且花果期长。有一年,单位仓库场区拆了许多旧房子,腾出的空地要绿化美化,采纳了我提出的设计意见,即不考虑高档的夏橡白果树,不选用传统的榆树杨树,而是选择适合大量栽植的海棠树,配置、点缀上几行白蜡树。这样选择,既有海棠容易种植的一面,也有我酷爱海棠花的偏心。别说,海棠树不负众望,不仅成活率高,还当年开花结果。

海棠遍布城市乡村,正是因为数量多,它的花叶与树形较为平常,不怎么令人珍视。之所以形成这样的认识,我认为主要是缺乏观察,对它不够了解。如果留意了或者是对它有连续观察,就会发现许多令人称道的细节,从而颠覆一些固有的认识,带来意外的惊喜。

初春,它的树干会随着气温变化日渐暗红,次第生出嫩紫的叶芽。这一期间枝条还没有伸展,叶片也没有长大,仿佛远没有到花期。但是一夜间,或一个早晨,它就会花苞布满树冠,骤然开满枝头。它的孕育是在冬季,开花只在瞬间,少了一些常规。进入夏季,桃李杏梨落英缤纷,而它似乎还没有尽兴,不问风晴雨露,脚不停歇地绽放。一波一波,层层递进,使整棵树变化为一把红的火炬,一排树,一丛丛树无异于一面花的墙和堆满鲜花的森林。况且,海棠花色艳丽别致。花面是粉红色的,花背则略显深红,俯仰错落,浓淡相宜。叶子也陪衬得好。明绿光亮细密,给人印象是不争而重,不可或缺。它的花香也十分宜人,淡淡清爽,纯净悠然,飘得很远,甚至不用走到树下就会扑鼻而来。等到冬季又见一番分晓,许多树的树冠光秃,枝杈独挺,不挂一片叶、一颗果实,海棠树上却是硕果累累,不时招来喜鹊麻雀在枝头"嘻嘻喳喳"。

说到海棠花不能不提一桩公案。大家知道,张爱玲曾有"人生三憾事"之说,即:鲫鱼多刺,红楼无续,第三就是海棠无香。前两项无可争议,至于海棠花香与不香却有纷争。

唐朝《百花谱》记载:"海棠为花中神仙,色甚丽,但花叶无香。"说得十分明了。宋代《冶园》记载:"海棠花姿潇洒,花开似锦,常与玉兰、牡丹、桂花相配植,各取形味达成'玉棠富贵'的意境,也指明海棠要依靠其他花卉来弥补无香的缺憾。"与之相反,赞美海棠花香的诗句也不乏其数。苏东坡诗《海棠》:"东风袅袅泛崇光,香雾空蒙月转廊。只恐夜深花睡去,故烧高烛照红妆。"宋代刘子翚诗云:"幽姿淑态弄春晴,梅借风流柳借轻,几经夜雨香犹在,染尽胭脂画不成。"两首诗分别肯定了海棠的"香雾""夜香"。

明代《群芳谱》给的答案要辩证些:"海棠有四品,即,西府海棠、垂丝海棠、木瓜海棠和贴梗海棠。其中,西府海棠花香气浓。"除蜀海棠外,南方海棠多是有形状和色彩而无味道。能不能推测,张爱玲长期生活在上海,西府多在北方种植,才有"海棠无香"之语? 这里不得而知。这些海棠多是西府海棠,对于海棠花香不香的论证不用那么麻烦,俯身嗅一下就有实证:芳香悠长。当然,一地海棠、一时海棠和每一人的海棠都会有差异,不足为怪。

　　"水陆草木之花,可爱者甚蕃。"每一种花草树木都有它的气质,太名贵、太娇艳的,会让人有一种莫名的距离感。海棠虽说花繁叶茂却栽植简单,易于打理,十分朴实亲民,观叶观花观果中总能让人滋生出安稳的心境。能不能说,海棠与大西北相契合? 我喜爱海棠,深敬它普通平凡,醉于它"春季繁花夏秋果,冬枝迎雪不输红。"

又到油菜开花的季节

　　油菜是春季里最为寻常的一种植物。油菜花绽开之时,成片成片的金黄宛如花海,构成了一幅美不胜收的乡村风景画。但是,今天让我感动的,不是踏青、赏花、放风筝,而是哼唱一首歌曲,享受一种音乐的美好。

　　"这样的季节,是油菜花开的季节,故乡的原野一片金黄。迎面的风,像母亲温暖的气息,故乡的春天就在这异乡的空气中了。"

　　这是马常胜先生诗吟《油菜花开的季节》专辑中的一首同名歌曲。当我听到"故乡的春天就在这异乡的空气中了"这一句时,顿时泪眼婆娑。追思怀恩之情泛起波波涟漪。

　　每当阳春三月,那油菜花的芳香,眼前原野的明亮,尤其是大自然温暖的气息,既让我有生机勃勃的美好感受,也常常在亲近自然,接上地气后带来情绪失常。

少小离家讨生活、谋前程,至今已近四十载,这些年的拼搏和努力,不可否认收获了生活,取得了一点成绩,但是随着时间向前走,情感却一时一刻地往回流。

打着赤脚跟在母亲的身后,在乡村像兽皮一样的土路上,走走停停。黑土地里一垄垄的油菜青绿嫩黄,与河岸、路边野生的蒲公英、荠荠菜芊芊成片。母亲扭头对我说:"大苦是春天,青黄不当饭。"嘴上说苦,望着我却是微微地笑。

青黄色在眼,泥土味在鼻,饿得人抓心,母亲就在脚跟前……

其间,只有两次回家过年,第二次又送别了母亲。子欲养而亲不待的无奈,致使心里填满了苦与痛。

怎么向世人诉说,如何给自己交代?

一个时期人几乎崩溃,毫不夸张地说,那无尽的夜晚,辗转反侧。一次次为自己找理由,摆客观,告诫自己向前看,终不能缓解一下内疚,减轻一点负担。一会儿安慰自己说,要奋斗就会有付出,人都是这样的;一会儿又想,四十年情感付出已经溃不成军。所谓的功名利禄又是什么?走过八千里路的云和月,归来时却是一身的疲惫。况且曾经的"执着",像雾像云又像虹,注定在一阵风后飘然而逝。也曾求教了各种方法,滋养心智与力量,用以摆脱心魔的困扰。其间,唯一令人慰藉的是常入一种梦。梦中有一刻依稀的瞥见。明明知道它是潜意识、是虚幻,但那瞬间的感受仍然是一种心灵的渴望。

乡野、童真和亲昵恍若梦里的漫天飞雪,那么急那么密,可我怎么也抓不到手了。母亲则永远是一剪侧像,既清晰又紊乱。

"起风了,我来得准时,看你吹乱的长发和云的衣衫。我离你三步之远，仍然可以听见秋鹤高鸣，和你两步之内的和弦。"

吟唱，脑海里家乡的土地、母亲的笑容、自家的院落不断浮现。

又是油菜花开的季节，又是母亲生我的春天，怎能不使我心生感恩、祈祷的情愫？《仁德法语》讲："开悟见性"。追忆往昔不是为了悲伤，纪念更不是消极颓废，而是要悟得人生真谛，以积极态度、平常的心，过好当下的日子。不恋过往，放下执念，放慢脚步，走进那山花烂漫的田野。以一身轻安，自在于歌；一心真实，宁静入怀，假借《油菜花开的季节》的音乐，遨游大地天空。

一只猫的故事

　　楼道里的猫是一只成年公猫,身长三十厘米左右,黑灰带白的毛色,尾巴长长的。第一次在楼道遇到,没见它惊慌,也不见胆怯,隔着两三步远站在那里静静地望着我。眼睛泛蓝,清澈明亮。

　　起初不知道它是一只流浪猫,从外形看干干净净,姿态优雅,神情镇定。后来,再见它在楼道、电梯里晃悠,才开始怀疑它为什么总出来? 一问,才知道它已经失去家园,没有主人监护了。

　　"这么可爱的猫,谁这么狠心!""怎么能够扔下不管? 既然养了小动物就应该负责到底!"有人议论。起初,我也是这么想的,后来发现事实与许多人的推断有差异。还真的不是主人遗弃,应该是猫选择告别,选择了一种新的生活。

据十五楼穆先生讲，它的名字叫"黑狸"，是1501号家女儿养的宠物。猫是从小养的，一直很乖巧，出来都是偎傍着小主人，不是蹭她的腿，就是在她脚前脚后闻过来嗅过去，虽说每层楼住有三户人家，对门也养猫，但它很少出屋，从不串门，更不会在楼道里上上下下。谁知，在它萌萌哒哒的外表下，竟然怀揣一颗倔强的心。事儿是主人搬家惹下的。那天，该搬的物品都装上车了，一位搬家工人去提猫舍笼时它蹿了出来。原来猫舍的门没有扣紧。一家人先是呼喊、喂食，再就是轮番哀求。小女孩急得哭，女主人发脾气，搬家工人着急得跳脚，但它蹲在楼道消防箱上就是不下来。无奈之下，只有搬家的车先走，把猫舍笼子提留回去，敞开门，又暂时留下小女孩在家写作业等着。任你费尽心机，怎么折腾，猫就是不改初衷，再没有踏进家门一步。从此，它高高盘踞在十五楼的消防箱上。

问它吃什么？老穆说还能怎样，自己楼里楼外觅食。接着又补充介绍，家主人来过几次，每次都站在楼道抹眼泪。好在三楼的刘奶奶经常喂它，否则不知道会变成啥样！猫也知道好歹，见到刘奶奶就跳下来跟她亲近。许多人见到刘奶奶坐在十五楼楼道上撸猫打盹，还以为老太太受家人虐待呢！

对于这个问题，我不敢妄加评论，虽说不曾遗弃小动物，但是扔过一些花花草草，无异于五十步与一百步之别。虽说没有走向上述的极端，也像极了"抬起泥靴踢向弱小幼狗鼻子"的残忍之人。恻隐之心发现，我把这只流浪猫的照片发到了微信上。有的人跑过来喂食，有的设想带回家饲养，也有人忠告我说，千万不要养猫养狗，动物寿命大概十五六年，它会生老病死，让人平添悲欢离合的烦恼。其实，我十分喜爱猫，知道养猫不麻烦，还有许多益处，唯一不能接受它们"叫春"的声音，故而望而却步。

每到冬尽春来之时，猫叫春发声"呜呜"地，一声一声嚎，惊神经闹梦魔。记不清是哪一本书上说，有人受不了猫叫春，不惜昏夜起床持大竹竿而驱逐。说来也奇怪，不知道什么原因，楼道里这只猫，从来不叫春。不知是猫改变了风格，不再肆意妄为，还是遭到"迫害"早已失去了生理功能。

老穆对我说，不要再发这只猫的信息了。猫喜欢独处，能不打扰它最好不要打扰它。想来也对，它既然与原来家庭、原来生活方式决裂，就应该像人一样尊重它的选择与追求。再说，猫不是属于"招之即来，挥之即去"附属物的类型，过多人围观，当个"网红"也不是个好事儿。人是这么想，至于猫是怎么想，也只有猫知道了。

一次，等电梯时间长，我又遇到了它。它在一步之遥的地方半蹲着，目不转睛地看着我。我已经很久没有与人长时间对视了，也不记得曾与动物有过这么长时间的对视，一时弄得我不知所措。摸一下它？想伸手，可是一看它眼神冷静，手就伸不出去了。回避一下目光？又不愿意在它面前暴露我内心的慌张。猫自始至终没有眼神转闪，也不曾改变姿态。估计人的举止、想法不妨碍它的行为，更不会左右它的思维。说它城府深可以，说它有定力也可以，反正它纵然思绪万千变化，而表情却不带一丝显露。电梯来了，打破这一尴尬局面，我急忙逃进电梯，但仍然感觉到背后的眼睛。

"对呀，猫又是怎么看我呢？"突然闪出了这种念头。乱了，真乱了。远不止于此，它不仅搅动了我的思维，还对我的人际关系有了影响。过去与老穆不相识，见面点头打个招呼，自从有了猫的话题，我俩不仅在电梯中聊天，在楼道里也要站上一会儿，几乎无话不谈。还有，印象中刘奶奶七八十岁了，整天绷着脸，说话硬邦邦的，谁知道她竟然富有同情心，真是令人刮目相看。也是通过猫，使我理解了对小动物的爱，与对人的爱的区别与关联。粗略看两者有着本质区别，但从"爱"的抽象概念出发，两种东西却隶属于同一性质。爱人，爱动物，热爱大自然，其实是一种社会美德，是文明进步与发展的表现。

　　前几天，小区内几只不拴绳子、放养的猫狗死了。这一事件如同一石击水，激起一拨又一拨的热议。谴责、鞭挞、谩骂、诅咒不绝于耳，后来警察、社区和物业都出来做工作了。看到这一消息，我急忙往十五楼赶，冲出电梯，看见猫正在消防箱上舒舒服服地卧着，一颗悬着的心才放了下来。

九　月

　　独自走在公路旁侧林带的小径上，风吹动树叶摇晃，阳光暖暖地洒在身上。且不说放眼远处层林尽染，单是路边稀疏生长的一棵棵杂树，也在光影衬托下有了几分景气。白杨树的黄金、丹枫的火红和野苹果树的青绿，在我懒散的心绪中，写满了秋意的寥廓。

　　听到一只鸟在鸣叫，循声看见了它大概的模样：一身黑亮亮的羽毛，鸟喙抹着嫩黄的轮廓线，犹如一个俏丽的会唱歌的小姑娘在玩耍时哼唧着童谣。自然界动物中往往是雄性更擅长鸣叫，说明这只鸟极可能是一只追求或是寻找伴侣的雄鸟，但此时我没有看见另外的一只或几只。我宁愿相信自己，它是一个小姑娘。散步时，有一只鸟，一只像小姑娘的鸟陪伴已经够好了。

天空蔚蓝，一朵朵白云在天上悠悠地流动，飘移速度几乎比我的脚步还慢，也是懒懒的。脱下外衣，围系在腰间权当是虎皮裙，我跟着云向东边走。当右脸颊晒疼了，转过身倒行一段，晒一晒左脸。边走边瞧，比较着野苹果哪个红透了，哪个个头大，就摘下来，用衣角擦一下放入嘴里啃。多的装进裤兜里。山风轻微，野苹果味道酸甜，只是那个"小姑娘"飞走了。

九月是深秋天，人容易添愁闷。大家经常说，人总是孤独的，没有人能够陪你走到永远。近期我一再出来，也是因为诸事不顺，情绪低落，心情时有不畅快。今天走路、晒太阳出了一身汗，几个酸甜苹果下肚，对秋愁的认识也有了一些变化。

其实，孤独寂寞难耐，每个人都必须面对，不能幸免。但理解一定见仁见智。一个人享受孤独需要营造，一个人消化孤独也必须车马有路。况且，任何人不免俗气，也不能离群，能够在融入之中求得一点个人空间也是生活智慧。除此以外，与文献经典、动植物亲近，学习人文知识，认识生物百态，也一定会给人一片新的天地。

电话响了，我差点忘记携带手机了。现代通信给了人们许多便捷，人与人的沟通联络，对周围信息的获取，谋生手段的多样，都在帮助人们滋长智慧、伸展时空、获取力量和财富，从而让我们有了时间、精力和财富上的自由，得以多渠道的营养身心、滋养心灵。比如，走出了城市，亲近了自然，虽说一个晌午没有遇见一个行人，一只家禽家畜，但是我不会孤独，不会恐慌，与周围的人随时可以联系，不会耽搁任何事务的处理，心里与物质上是安全的、踏实的。

牧场农家乐的毡房越来越近。坐在毡房外的桌子旁，要了一碗奶茶、一块酥油。一位喝酒微醉的哈萨克族汉子从毡房出来，跟我热情地打招呼，才坐下没等我搭腔，就又被另一个人拉了进去。他再出来，端了一块羊骨肉、一块黑麦馕放在我面前。没有任何交流,我笑他也笑。走远路方显人声亲。一边歇脚吃喝,一边用手划拉着手机。没有牧犬出来,没有鸟飞过,没有人再与我打招呼。

枝叶开始无节奏地摇晃,凉凉的风把午后的暖和吹走了,也凉了盛奶茶的碗。我穿好衣服往停车的地方走,缓慢地走,酝酿着要大喊一声"太阳下山喽!"心里想,走到山弯就喊,等那个牧民走远就喊,但终究没有张开口。远处风动雾起,天色渐暗,毡房袅袅的炊烟弥漫开来。

林 中 小 憩

今年夏天异常炎热，气温一直持续走高，连续几天预报主城区最高温度38摄氏度，局部区段41摄氏度。临晚，爱人与女儿从外面回来说："楼下的人都在喊热，估计明天上山的人少不了，我们要早起早走。"我去超市买东西时，果然见几位街坊一再抱怨热，城里没法待了。所以，今天早晨七点半，我们一家就出来了，按计划到南山野鹿滩林区避暑。

收音机广播路况：外环路拥堵，快速路乌拉泊路段拥堵，请错峰出行。"你看，早走好吧！"爱人议论，女儿补充："早起的鸟儿有虫吃。"我笑着赞同。山区林深树密，花草茂盛。大面积苜蓿草、红豆秧和高原油菜在大地上铺陈，生机勃勃。乡村的木屋、帐篷和零散建筑几乎成了点缀。

景象之下,令人不忍踏下油门,不忍按下手机的快门,恐怕惊吓了山谷里这亘古的寂静。

森林阴凉暗黑,密密麻麻长满了雪松、阔叶松、落叶松,还有杉树和白桦。平整场地,搭建两顶帐篷,铺上绿帆布,在空地里支上户外炉灶,一阵忙碌后我坐在马扎上休息。她俩拎着蛇皮袋,捡拾周围的垃圾、杂物。尔后,钻进帐篷加穿衣服,整理物品,坐在里面聊天。万老师刚退休,尚在调整"心态",女儿在建筑设计院上班,网名"小厨",其实很少进厨房,微信上晒的菜品多数是她妈的厨艺。常言讲,女儿是爸爸的小棉袄,这话不假,但也是妈妈的贴心小背心,母女俩天天腻在一起"叽叽喳喳",有说不完的话。

天空逐渐晴朗,向外望去视野也越来越开阔。一层薄云布满天际,仿佛在湛蓝的画布上,用排笔平涂了灰白色块。东方慢慢晕染绯红,拉开了天霞幕帐的一角。山峦起伏跌宕,层层叠叠蔓延,地平线在雾色中与天空时开时合,让白雪覆顶的慕士塔格峰突兀矗立,皑皑雪顶在阳光的映照下,发出了像灯塔一样的耀眼亮光。不远处,不时有人上来,搭起一顶又一顶五颜六色的帐篷,使森林越来越有生机。看着这一切,我莫名地兴奋,心情像怀揣着两只小鸟,不时涌动起飞向山顶的情绪。

只要稍微静下来,就会发现山林间不仅有艺术般的风景,也有一堆声音。鸟鸣是林中声音的主要部分,或者高鸣或者"啁啾"或者"咕咕噜噜",总是会断断续续地叫。林中的水声也独具韵味。山泉从树丛和草地浸出,"滴滴答答"地沿山坡汇流,轻轻微微地,要多好听就多好听。不远处,由雪水融化而成的水沟,"哗哗啦啦,咕咕咚咚"地流淌。风,不会闲着,携带着水汽一阵一阵贴着鼻尖流过,与松枝、杉叶共同发出吟唱般的呼叫。虽说不抵鸟鸣、水声响亮,却清音暗潜,轻叩心扉。林中声音嘈嘈切切,但不同于机器的轰隆、碰撞的震动和人声嘈杂,入耳不心烦,稍不注意,它还会瞬间消失,迅速隐藏在森林的空间里。

太阳越来越大,一束束晨光从树顶透进来,一条一斑地照在布满枯叶杂草的地上,把一群群蝴蝶叫醒,她们在林间飞来飞去。我喊她们出来看景。女儿一坐下,就说太凉了,快冲咖啡。我说:"上午喝茶,午后喝咖啡比较好。""赶紧烧水,给你一个表现的机会,还不珍惜。"万老师帮女儿腔。冲沏挂耳咖啡,浓醇、加糖、清咖三人三个口味。喝起来味道浓郁醇厚,一股热香熏的浑身生暖,大大超过平常水准。是咖啡纯正,是心情好,还是这里负氧离子多,不得而知。但我相信了一句话:旅行不一定选择名胜古迹,关键是要有走出去的心态。如果不出去走走,如果不是亲眼所见,你永远不会相信,不远处就存在超出你认知的事情。

野炊是我显露身手的重要时刻。食物袋里有玉米棒、土豆、青辣子、干竹笋、酱牛肉和饼子,辅料还有清油、盐和生姜,三人两顿量充足。锅碗瓢盆摆开,"叮叮当当"制作完毕。红烧土豆、凉拌青椒、煮玉米、锅炕饼子,又用下脚料烧了一个热汤。看着母女俩乐融融地吃喝,我心里成就感满满的。趁我打扫收拾之际,母女俩围绕营地在林间散步,不时喊蘑菇好多好大。

电话响了,是小赵约我喝茶。从他说话的愉快劲儿判断,刚从酒桌上下来。我说在外边,今天去不了,改天再约。他连声问:"在哪,在哪?"为了表明真实顺手发了定位。对于饮酒见仁见智,年轻时自己也热衷推杯换盏,追逐场面,虽说知道小酌助兴,过量伤身的道理,但是酒壮怂人胆,感情又弄人,几时能把控得住?四十岁后身体明显走了下坡路,对饮酒弊大于益的认识也越来越深刻,于是下决心戒了。从此,接人待客、应酬聚会,虽说做不到滴酒不沾,也是浅尝辄止,就是这样还有几次过了量。一听喝酒,心生几分恐惧。怕自己喝多了难受不支,怕别人喝多了危害身体,对好酒痴醉之人也敬而远之。再看手机,他又发信息:"马上到,马上到。"唉，这个家伙，到四十公里外添乱！

一回头，万老师与"小厨"拎着好多野菜，还带着一位哈萨克族爸爸过来了。他捧着一个西瓜来借西瓜刀，不远处两个萌娃正趴在树上向这边张望。我估计，他忘带水果刀了。是啊，一家人出来野营，没有刀具，情何以堪？他非常惊讶我能说简单的哈萨克语。一阵说笑后，他拿走了水果刀，留下了半个西瓜。

按照习俗，与邻居家认识了，我们应该去拜访。没有什么东西可带，就收拾了两瓶矿泉水，几个小包装红茶作为伴手礼，再送上小刀。他家拉的阵仗大，两顶帐篷，一顶小毡房，特别是一个铁皮火炉十分显眼。极像北方的火盆，只是大一些，深一点，上面有一个网罩，手工打造。山上用火必须十分规范，用这个鼎状火盆，既能安全防火，又可以一家围炉烧烤，可谓独具匠心。问清了商家，下去也添置一个铁皮火炉。同时，知道他弟弟与女朋友下了班也要上来聚会，一家人在森林过夜。

有人要来，晚餐要提前准备。寻着水声我走到小溪旁边，双手抓着刚采挖的野菜、蘑菇浸入水里，清冽的泉水划过手背，清凉得直透肌肤。松树菇、荠菜、蒲公英，我一把一把悉心地清洗。森林溪水之旁，有回归般的身心苏醒，使人不太愿意离开水边。

小赵与立军一起来了。从很远就嚷嚷："这里太凉快了！太美了！"立军解释说："喝酒了，开不了车让我来送。刚好出来透透气。"我招呼他俩喝茶，"大厨小厨"张罗晚饭。小赵带来两幅国画，是上海苏春生老师的小作品，一幅山水、一幅仕女。提出用其中一幅，点名换我一把折扇。不怕贼偷就怕贼惦记，我笑着说："追到天涯海角了不换怎么能行！"送二人下山，天色渐晚，邻居家的大火盆已炽热燃烧，照亮了半个森林，我们也开始收兵撤帐，打扫战场。

"第三空间"是许多人挂在嘴边的时尚词语，我不太懂它的内容，但我认同一点,人不需要非正式的公开场所。其中,户外不失一种选择,哪怕只是说说家常也是不错的。在这种环境下相识、交流,一定会把忧虑、戒备和算计暂时搁在一边,于愉悦放松诚恳间取得成果。

下山时,已经夜幕降临,自驾的年轻人却在星光下纷纷上来,节奏强劲的摇滚音乐,不时从一辆辆敞开的车窗传出来。受到感染,我选播了乡村民谣《小路带我回家》。山路是缓慢上坡,加上山里的夜色诱惑,我的车速一直很慢,心里还在想着森林夜色、繁星点点,为自己不能久留森林而遗憾。

下 棋 小 记

　　前天跟小朋友下了一盘围棋。小朋友今年5岁,是4岁小孙女的小伙伴。约棋的则是小朋友的妈妈跟我的女儿"小厨"。宝妈间自然有说不完的话。一次,小朋友妈妈讲:"我们夫妇不怎么下围棋,每当小朋友说起围棋都不知道如何跟他交流。孩子也常常因为找不到棋友而苦恼。"事实上,当下开展围棋活动的环境确实不好,许多孩子学棋、下棋只限于棋院的小圈子。不仅孩子如此,我也是如此。有时一两年也遇不到一个棋友,多数时间只能在网上下棋。"反正老同志闲着没事,让他陪小朋友下棋。""小厨"个性率真,愿意帮助朋友,这应付孩子的差事自然由不得我这个老爸推辞。领了任务后怕我不上心,又一再给我灌耳音:"小朋友对围棋很在乎,爸爸可不能马马虎虎。"还讲，"这一两年小朋友一直在棋社学棋，并且已经考过级了，起点与水准很高，您不一定下得过！"至于跟孩子下棋，"小厨"的担心是多余的，我"棋臭，瘾大"是出了名的。能有一个人下棋总比没有强。再说，小朋友对围棋有兴趣更是一件让人高兴的事。但是跟孩子下棋我还是第一次。我快60岁了，他那么小，以什么规则下，怎么去下？通常来讲，让先让子要小棋手或家长提出来。对弈中他一旦出现明显失误要不要提醒？孩子下得好则罢，万一输了会不会损伤积极性？我心里忐忑。倒是小孙女听说小朋友要来十分高兴，反复说："最喜欢小朋友哥哥。"小囡的玩伴多数时间是电视。况且现在孩子在家里人人受宠，平时谁也不肯让着谁，多让小人们在一起玩耍，其实比大人带着孩子要强。小朋友见到我并不怯懦："爷爷好！"小囡冲上去拉着他一句一句地喊哥哥，既要看图画书，又要玩游戏。小朋友家里有妹妹"二宝"，凡事知道让着妹妹，小囡跟哥哥一接触就觉得很受用。我笑着打量了一下，他1米2左右的个头，脸蛋圆润，一双大眼睛黑亮黑亮的，特别爱笑，笑起来嘴角微微翘起，牙齿洁白整齐。可能是跟我有些陌生，他说话声音不是很大，有时还扭头看看妈妈，但是表达十分准确。干净、机灵和帅气，让人打心眼儿里喜欢。经征求意见，按比赛规则对弈（不让不讲）。抓子猜先，他执黑先行。不愧是经过正规培训的棋手，他在执棋、行礼、程序上稳稳当当。布局运用了小目定式，以星取势，以无忧角作为攻防阵地，走棋不急不躁。看孩子下棋有模有样，我也不敢轻视，以目外定式应对。为表示重视，这次我把平时很少用的榧木棋盘、砗磲棋子拿出来了。小朋友妈妈抓了抓棋子，摸了摸棋盘，说："爷爷的棋子是两面鼓的，木棋盘比较厚。"孩子注意力在棋上，只"嗯"了一声。他见我走了三路大跳，着急告诉我走错了。"让爷爷自己下。"妈妈提醒道。小朋友的父亲是在儿子学棋以后才自学围棋的，平时多是爸爸陪小朋友下棋，这次陪同来的是妈妈。应该讲，无论爸爸棋艺如何，妈妈懂不懂围棋,仅是在培养孩子,陪伴孩子的表现上,足以说明这是一对不错的家长,是一个令人侧目的家庭。棋至中盘,小朋友逐渐显露出计算跟不上的问题。往往,人们在下棋时对胜负看得很重,赢棋兴高采烈,输了情绪低落。但是他没有受影响,自始至终专心致志。终局经简单复盘后,他又提出来做题,兴致与心态不错。一个孩子能够做到这一点其实不容易,充分反映出他学棋的路子对,又具备一般人少有的天赋。毫不夸张地说,一两年之后,他的棋力绝不是我和他的父亲能抗衡的。最后,他没忘记让妈妈问我的段位。"业余二段。"尽管说我的棋艺提不上桌面,但我只能如实回答。我学棋走的是野路子。上高中时经常见老师们在一起下棋。也是在夏天,多数时间是在操场的树下,人手一把折扇,一个水杯。棋子一黑一白,不紧不慢地来来往往。当时不懂围棋,只是觉得有趣,愿意站在边上看。看多了大概知道了一二。偶尔,老师落单了也拉学生上阵。老师边下棋边讲基本知识,也讲古今棋坛故事,一来二去围棋成了我的伙伴。多少年过去了,许多兴趣爱好放下了,但围棋一直没丢。无论是在什么地方、什么情况下,只要时间允许总会摸一摸棋子,或打一打棋谱。顺境与逆境,孤独与欢乐,虚度与充实,时光总是在一招一式间流逝。

傍晚我们一家人又说起小囡学不学棋的问题。我坦言,对于大多数人来讲,围棋只是人间烟火乐事的一种,是一种棋类的游戏,输赢自然是次要的。因为我下棋耽误过正事,因为下棋争输赢我跟人拌过口角,下棋也耗费时间与精力,这些不容否认。但是受益也是有的,如思考缜密,遇事沉稳,不计得失,培养情趣,等等。

第五辑

留下脚印的美丽

扫码查看
☑ 活动瞬间
☑ 滑雪课程
☑ 喀什掠影
☑ 系列好书

克孜尔石窟游记

　　5月31日，利用途经的便利，我再次游历了克孜尔石窟。第一次，是1998年秋天，恍然间已经20年了。两次游历都给我留下了深刻印象。一旦想写一写，却发现没有头绪，只能罗列一下所见所闻。但是，石窟一经浮现，古老达观的气韵就扑面而来，肃然之心也顿时生起。

　　克孜尔石窟与大同云冈石窟、洛阳龙门石窟、敦煌莫高窟，并称为中国"四大石窟"。克孜尔石窟始凿于公元3世纪末至4世纪初叶，早于敦煌莫高窟百余年。敦煌莫高窟我不了解。与去过的云冈、龙门石窟相比较，克孜尔石窟在洞窟数量上差不多，但形式、规模却比较简单，也没有恢宏、完整的塑像留下来，应该是在壁画上见长于其他三处石窟。

开车临近景区时,是一段较长的下坡路,俯视下石窟群全景呈现。它与明屋塔格山浑然一体,洞窟鳞次栉比,层层相叠,蜿蜒伸展,犹如一座城郭。到达谷底后,再往上走约二三公里的景区道路,才能到达石窟山体下。没有标志引导,没有配置区间车等代步工具。估计许多人像我一样,对于石窟早有一睹为快的心情,却要走上这么一程,焦急、厌烦的情绪断不了。

高僧鸠摩罗什的塑像就矗立于明屋塔格山前,这里是他的家乡。塑像是一尊打坐的全身铜像,依托山川青空,侧映千佛古迹,可以联想为圣僧仍然为石窟(千佛洞)虔诚守护,或是迎晨送暮,悠悠叙说着大明无上的法理,传薪火于芸芸众生。

"克孜尔石窟,俗称克孜尔千佛洞。维吾尔语称克孜尔明屋依,意为位于克孜尔的千间房子。克孜尔千佛洞有洞窟251个,其中已编号246个。以景区内的山谷和河流为界,分为谷西、谷内、谷东和后山等4个区域。保存壁画的洞窟有近百个,目前面向游客开放的仅是谷西区的6个洞窟。"导游是一位维吾尔族女青年,她手上拎着一串钥匙,依次开锁,打开洞窟门讲解,态度认真、内容熟悉,语言表达十分准确。

参观6个洞窟虽说数量不多,却也具有代表性,基本反映了克孜尔石窟的内容和特点。

第8窟,中心柱窟。前后室布局,左右各有一甬道相通。

前室呈长方形,纵向券(拱)顶。顶部中脊为天相图,两边绘菱格因缘和本生故事。两侧洞壁各分一栏三铺,分格绘制因缘佛传图。正前壁已残,上绘兜率天宫说法图。后壁佛龛周围遗留有许多插空,原塑有菱形山等,现已无存。壁龛内残留有彩绘的头光、背光。

后室横宽柜形,横向券(拱)顶。原来绘有伎乐飞天,前壁绘8国争分舍利图。后壁下,凿有涅槃台,上有壁孔若干,原为彩塑举哀像。现壁画与彩塑均已无存。

最能体现克孜尔石窟建筑特点的就是中心柱式石窟。中心柱窟，一般是在洞窟的中央，凿出连接顶部与地面的方形柱体而得名。这种设计，是让人们看完主室佛像后，按顺时针方向进入后室，观看佛的"涅槃"像，然后再回到主室，抬头正好可以观看石窟入口上方的弥勒菩萨说法图。在导游引导下，经过一转一看，对佛传故事果然有了一个大概的认识。

第10窟，僧房窟。前后开间，券(拱)顶，有一条甬道进出。

前室，前壁中间开了一个明窗，后壁刻有韩乐然1947年考察题记。后为居室，东壁保存有一个壁灶，西壁下有一铺土坑。现挂有几幅比较完整的克孜尔壁画的照片。实物早在清朝后期被掳走，现存于外国博物馆。

从以上两个石窟，可以看出，克孜尔的洞窟形制大致有两种：一种，如第8号窟的佛殿，这一类在克孜尔洞窟中最多也最为壮观，是供佛徒礼拜和讲经说法的地方。另一种，如第10号窟的僧房，是供僧徒居住修行的场所。此外，参观的第17、27、32、34窟，均为中心柱窟，形制相似，只是壁绘和雕塑图像不同。

克孜尔石窟壁画主要反映的是佛教小乘有部分思想内容，如第8号窟。反映大乘经典内容的壁画数量不多，如第17号窟，不占主要位置。小乘、大乘佛教的区别大家都熟悉，不再赘述。但是，说到大乘佛教，不能不再叙述一下鸠摩罗什高僧。

鸠摩罗什先是研习小乘佛法，后改宗大乘。曾住持龟兹王新寺，宣讲大乘佛法，名震四方，对推动大乘经典起到了重要作用。对西域佛教乃至整个中国古代佛教都产生过巨大而深远的影响。

菱格画、方格画，在石窟中较为普遍，构成了克孜尔石窟壁画艺术的一大特色。菱格画，指以连续形式，将券顶划分成许多山状菱格，每格绘一则故事，构图造诣简洁而富有内涵。方格画，以分铺分格形式，将故事内容连续表现,类似我国传统的卷轴形式。菱格画主要绘在券顶,方格画通常布置在洞窟主室两侧壁上。

克孜尔石窟壁画的内容有佛像、佛经故事、动物山水树木、装饰图案和供养人画。佛像画包括释迦牟尼像、菩萨、佛徒、天相、天龙八部、飞天和天宫伎乐,其中大多数佛像画和动物山水树木画融合于佛经故事画内。

故事内容上,既有描绘佛从降诞到涅槃过程的本身传记,描绘佛成道后,诸方说法教化的说法图,也有反映信徒对佛因施供养、布施而得到的种种善报,以及佛对众生的各种度化。尤其是佛本生故事中,表现了佛前生行菩萨道时的种种难行和苦行,以此说明佛成道是其累世修行、积集功德之果。给人启示,令人觉醒。

克孜尔石窟壁画在题材上,虽然是佛教内容,但画匠们却巧妙地把现实生活融入画内,使内容世俗化。在形式和技法上,不仅表现出画师人体造型的高超技艺,而且创造了龟兹式的凹凸法,在中国画的赋色方面引起一大革命。所以,克孜尔石窟不仅对研究中国佛教史、美术史和民族民俗史独具史料价值,对于人们生活审美、人生感悟和文化教育更有重要的借鉴作用。

当然,在感叹克孜尔石窟文化博大精深之余,面对洞窟、壁画和造像的斑斑刀痕、损失与残缺,也令人唏嘘不已。深感唯有祖国强盛才会国泰民安。深感保护、继承和发扬传统文化,每一个人都肩负着时代责任。

走出洞窟已时至中午,才发现景区内外,没有销售相关书籍、纪念品的商店,没有可以吃饭的地方。另外,一个上午除了我们一行两人外,又来了像是一家三代的几个人,仅仅两拨人。这既让人惊讶5A级景区的冷清,也让我理解了景区设施陈旧落后的成因。虽说这里条件有改进的空间和必要,但是绝不影响石窟独具的非凡魅力。对于一种文化、一段历史的理解,固然有多种办法,但是走近经典注定是一条捷径。

凌霄花带来的邻居

　　傍晚，见小区一户院子的栅栏上开满了凌霄花。一束花穗开了六七朵，个个像小喇叭一样。颜色红中泛黄，夕阳里温润鲜艳，煞是好看。凌霄花在许多地方是常见的植物，但是在这里我还是第一次见到。这一发现对我来说，不亚于哥伦布发现新大陆，心中蛰伏多年的想法有了一个可期的愿景。我决定登门拜访。拍击门扣，出来了一位七十多岁的老年人。他中等个头，头发花白，脸膛略微有点黑，见到我站在门前，神色有几分迟疑。我赶紧打招呼："您好！我也住在小区，看见这花长得好，就冒昧打扰了。"听了来意他的脸色转暖了："进来看，进来看。"笑着把我让进院子。互通姓名后知道他姓李，与我还是河北籍老乡。在冀东许多人家会在临街的篱笆上种上凌霄花，图的就是它开枝散叶快，花色喜庆。既能美化庭院，又能隔一隔行人的眼睛，至于他是不是如此，我不敢肯定，但我对凌霄花的喜爱是含有对家乡的眷恋。

老乡见老乡两眼泪汪汪。在新疆小镇上住在一起也算是一种缘分。用家乡话聊了一阵后，又转到凌霄花上。他用手指着花墙说："这几棵是中国凌霄，栽了3年了，去年开的花。那些是去年栽的北美凌霄花看样子今年能开。""凌霄花不是怕冻吗？""冷就保暖呗，谁让咱们喜欢呢！"我边分辨二者之间的差异，边询问要点。他弯下腰用手摸了摸凌霄花的根，说："去年冬天那么冷，我一直提着心，直到春天发了芽，才长出了一口气。"又讲，"种活、过冬没有问题，关键是要采取保暖措施。一是入冬前给花浇足水，多施肥，提高花株的抵抗力。二是根部覆盖0.5米厚的培土。给花茎缠绕网布(稻草)防冻保湿。"按李老乡所言，凌霄花并没有想象的那么娇弱。它能不能成功受制于环境，又不在于环境，而人的态度与行动才是决定成败的关键。那一面墙的凌霄花近在咫尺，我以前竟然没有看见？不能不检讨我对邻居间交往秉持的态度。那小小的凌霄花原本只是一种乡愁的寄托，现在它带我走进了邻居家，使我获得一种友情与关照的快乐，这不正是一种意识！这种快乐一定是恒久的，营造一定是多方位的。为此，我与家人商量：试种凌霄花，周末邀请几家邻居过来坐坐。

过 乌 鞘 岭

"把车门拉上！拉上！要过乌鞘岭了,过乌鞘岭了。"

不停地吆喝,不断有人警示。在人声喧闹、火车轰鸣的嘈杂声中,我猛喝了两口水,一天来的饥渴暂时得以缓解。多少年了,那一夜的煎熬几次进入我的梦境。

11月底,北方早已天寒地冻。高考落榜,生计无路,17岁的我被领进一列西行的绿皮闷罐火车,走上了去新疆兵团农场试工的长途行程。北风吹雁雪纷纷,西出阳关无故人。到乌鞘岭脚下,已经是我与几个小伙伴被锁在车厢内第四天了。离开家乡,离开亲人,到遥远的地方去谋生路。前途未卜,心境凄苦,我第一次理解了背井离乡的真实含义。

乌鞘岭是什么地方？为什么这么冷？当时得到的解

释是:"这个地方是在甘肃武威的祁连山上,过了乌鞘岭就快到新疆了。"对于新疆除了知道偏远、艰苦外,我也没有什么地理概念。究竟是过了嘉峪关、玉门关到新疆,还是过了乌鞘岭到新疆,已经不再是心里关注的重点了,反正到新疆就行。到了新疆就能揭开"这次下决心闯一闯"的答案。但是,对于乌鞘岭的冷,多少年以后,我心里的疑问仍然萦绕着。

后来逐渐得知,乌鞘岭位于武威地区天祝藏族自治县境内,东西长约17公里,南北宽约10公里,主峰海拔3562米。按说,在天祝藏族自治县的地境内,除了祁连山主要山脉外,其他地方的气温与北方相差无几,只是乌鞘岭周围的马牙雪山、雷公山两山均高于乌鞘岭海拔1000多米,终年积雪,寒气常侵乌鞘岭,形成了东西壁立的高山严寒气带,所以乌鞘岭终年积雪,异常寒冷,有"盛夏飞雪,寒气砭骨"之说。这里是内地通往新疆的必经之路,无论是高是寒是难终究还是要过。当然,现在通过打洞架桥修建了铁路、公路,虽说由于地形复杂造价极高,但通行火车已经不再翻越乌鞘岭了。许多自驾游的人,经兰新公路过乌鞘岭,对祁连山河西走廊一带的风光还赞不绝口。无论时代如何变迁,筑路修桥总是壮举,天险地阻变通途,人们少了煎熬和灾害之苦。我也一而再地乘火车经过这里,目睹了一年一年的发展变化,特别是铁路沿线的自然风光、生活条件的显著改变令人欢欣鼓舞。但是往往入梦的、回忆最多的还是那一年的那一次。

12月初的乌鞘岭风雪严寒自不必说,如果顺利通过,别说坐火车,就是爬山或是驾驶汽车,冷一下冻一冻,也不值得说说。问题在于,当时的客观条件不是今天的我们能感受到的。闷罐火车车厢通常用于运输货物、骡马等,没有座椅,没有暖气、电、食物和水,车窗两侧是铁门铁窗能通风不保暖,更不要指望其他了。火车的开与停没有规律,一旦行驶几乎与外界一切阻断。货运火车又与客车不同,不停靠客运站,只在铁路货站装卸货物时补给。平时停车除铁路工作人员外,无论车载、押运还是乘坐人员都不可以下车。货站上只有极个别的小商贩专门做火车司机的生意,主要是兜售烟酒和土特产等物品。在几个站点上,当他们发现车厢里有人时,也手提篮子疯跑过来,不过总是乘兴而来、败兴而归。我们最多是问一下鸡蛋多少钱一个,没有一丁点购买能力。还好,一路上有带队干部的组织计划,一天两顿饭妥妥当当。对此我十分知足,心想白坐火车白吃饭,真是印证了父辈闯关东时的一句话:离家一步比家强。今天的长时间停车,问题不在于火车,而是乌鞘岭的天气。

这几天,火车沿途经过的张家口、呼和浩特和银川等地一直在下雪,到乌鞘岭附近更是风骤雪厚。加上岭上海拔高、山势陡峭,火车要加上一两个火车头前拉,后推,才得以驶过。加挂火车头要按铁路秩序排队,我们所乘的货车应该是低级别的,从下午三点在岭下开始排队,现在已是夜间十一点多了还在等。我们上午九点多吃的早饭,原来准备过岭后再吃一顿,谁也没有预想到会等到这个点儿。火车下面不断吆喝:"开车了,开车了!"火车也不时"咣当咣当""呜呜呜"地冒烟,但一直没有要开足马力过乌鞘岭的迹象。

天完全黑透了,雪一直在下,气温越来越低,人更是饥渴难耐。带队干部把车厢门刚推开半尺宽的缝隙,迎头就遭到了铁路巡路工一连串的呵斥。他并不慌张,向他招手,递上香烟。巡路工用锤子敲了几下火车轴,顺手把一支烟夹在耳朵上,再接另一支烟点燃,深吸一口说:"大重九,好烟!"

"几点过呀?"

"谁知道,还没有挂车头哪!"巡路工边吸烟边回答。

我"窸窸窣窣"爬到车门旁边,看见另一列火车"吭哧吭哧",冒着浓浓白烟向西爬行。夜在漫天纷飞的雪花里越发昏暗,铁路的路基铁轨已经看不清楚了,铁路上的标志灯也是雾茫茫的,巡路工的脸只能认出来大概的轮廓。他的棉皮帽上是雪,肩与胸前挂着雪,吸烟时口鼻喷出一团团雾气。

"能给点水喝吗?"我从干部腋下伸出头胆怯地问。

巡路工没有一丝犹豫直接把水壶递上来。我急忙把水壶拿到嘴边,忽然发现干部瞪眼看我,就递给了他。他用袖子擦了一下壶口喝了两口,重新递回给我。我开始大口地喝,一口又一口。其他伙伴凑过来抢。干部见状把水壶夺过去大声说:"回去,回去,开车了。"是酒?几个没有喝上的伙伴凑到我脸边来问。是水,是水,我吧唧着嘴回答。

几口温热水下肚,我的紧张情绪顿时好转了许多,浑身也没有那么难受了。大伙不敢惹别人,就用眼睛瞪我,那眼神幽幽的,让我在寒夜里觉得又添加了几分寒冷。气温不断下降,车厢内冷如冰窖,我听到有人找食物,有人小声哭泣,也有几个人窃窃私语。我蜷缩一角,佯装不知道。

一会儿,一个人爬过来告诉我,大家商量,过了乌鞘岭就下车往回走,问我回不回。我坚定地说:"不!"转头我看了一眼带队的人。他也把一切能用的东西全部裹在身上了,但仍是神态自若,一口一口地吸烟,仿佛对车厢内的异常置若罔闻。于是,我又闭上眼睛暗自揣测,如果伙伴们明天都跑了怎么办?我会不会冻死在车上?越想越乱,理不出一个头绪,就干脆不想了。默默地背诵:"俄顷风定云墨色,秋天漠漠向昏黑。布衾多年冷似铁,娇儿恶卧踏里裂。床头屋漏无干处,雨脚如麻未断绝。自经丧乱少睡眠,长夜沾湿何由彻!"不知几时,睡着了,还梦见我家后院的一架金银花盛开,花丛白蒙蒙一片。等我醒来,天已大亮,车厢内气温回升了许多,还有几分温暖。

那一夜的经历,我曾多次复盘,一次次设问,如果更加饥饿寒冷,前景无期,又会怎么样?当然,人生没有那么多设想,也没有那么多选择,对自己也没有那么多信心。但那一夜让我知道了许多：第一，人生有时没有退路。青少年是一棵屡遭打击的杂树，如同柳树、榆树等不受人待见，风雨飘摇中渴望成长，但"苟且偷生"之时也带着执拗的性情。悲伤、埋怨、排斥与逃跑历来不能解决任何问题，只有咬紧牙关坚持，再坚持，等天一亮就好了。果然，太阳照常升起。此后，我也曾历尽饥饿、寒冷和困顿，其程度超过了几个维度，侥幸的是尚存有一颗平常心。第二，一口水可以失去伙伴。离开家乡时，我们信誓旦旦要患难与共，同舟共济，也涉及农场后边打工边复习功课，等等。但是面对机会、利益时，膨胀的狭隘的生活欲、生存欲，会形成一种恶念，促使道德底线崩溃。明白这一点后，我瞬间理智了、成长了，心里也滋生了无尽的孤寂。第三，控制意念要寻求方法。背诵古诗可以帮助自己减少思绪上的焦虑与困惑。时至今日，无论是坐飞机、去医院还是遇到不愉快的事时，我仍然以默诵古诗词来调节，向古人借一点冷静、淡定给自己。当下，虽说许多事许多人都记不清楚了，但是杜甫的《茅屋为秋风所破歌》、李白的《梦游天姥吟留别》《蜀道难》和白居易的《琵琶行》《长恨歌》等仍能朗朗上口，当是收获。

今天，我乘坐火车返回新疆，再走兰新线，已经时过境迁。有了高铁、卧铺，备足了食物和水，躺在车上肆意地睡与醒。忽然，我清晰地听到火车"咣当咣当，呜呜呜"的爬坡声，车窗被风吹得"吱吱"作响。车内气温越来越低，头也感觉一阵阵地疼痛，我急忙爬起来，看手机已是夜间两点。推开厢门，向列车员打听："同志，是不是在过乌鞘岭？"她面无表情地说："火车已经不过乌鞘岭了，马上到柳园站。"噢，我回应一声坐回了车厢，默诵："雪暗天山道，冰塞交河源。雾锋黯无色，霜旗冻不翻。"乌鞘岭已经恍如隔世。

跳动的崖壁

古话说得好：走万里路胜读万卷书。今天，庆幸走了出来，走近了康家石门子岩画。一幅岩画不仅给我开启了一个探知原始人类遗存的窗口，也让我对当下生活有了一定的思考。

一

康家石门子岩画地处呼图壁县境内一处峡谷地带的崖壁上，距离县城有60公里左右。从资料上获悉，岩画产生于原始父系社会之前，距今约3000年原始人类的生殖崇拜、祈祷等活动。

对于岩画我缺乏基本知识，仅仅知道"岩画是人类祖先在崖壁岩石、独立巨石上,刻下的用来描绘、记录生活的图案(印迹)"。以往在北郊石人沟、伊犁昭苏草原也看过岩画,这两处岩画多是零星的、小规模的,没有留下多少印象。实话讲,对于岩画我兴趣不大,属于看不看都可以,看比不看强,看了也说不出一个所以然的层面上。这次,在附近地区进行野外调查,恰巧有一两天闲暇时间,临时决定到岩画景区游览一下。

进山后,我们发现沿途路径曲折,路况复杂,心里一度认为此次行程"唐突""费力劳神"了,几乎有打退堂鼓的念头。还好,秋冬之际的山峦、丘陵、草地、溪流已经披上了浓浓的秋色,沿途犹如一幅幅全景式风景油画不断展开,甚是好看,才把心绪抚平了一些。从远处瞭望,在清晨的阳光里,赭红色的丹霞地貌、刀削斧劈的山体,把康家石门子岩画衬托得更加瑰丽,让山谷、沟壑在寂静之中增添了几分神思飘逸之气。来到山脚崖壁下,沿阶而上,驻足观看。不看则罢,越看越让人惊讶。

岩画东西长约14米,高约9米,由三幅图案组成,面积约120平方米。三幅图案之间相互呼应、衔接,画面的层次安排、基本风格、协调统一。单独看,它是平面的,但是与崖壁联系起来,进而再延伸到崖壁所处的山脉、河流和旷野,就在天地之间形成了一个三面围合的多维空间。其构想、选址和营造可谓是独具匠心。

画面给人的冲击、震撼是强烈的,让我一次次地设问,岩画除了已知的历史久远、生殖崇拜、各种文化交织等特征外,它是不是蕴含着令人难以渗透的宗教、玄灵和艺术成分? 疑惑与联想几乎让我不能自已,迫使我专注于一个个画面,解读一幅幅图像。

二

岩画是原始人类生殖崇拜、祈祷或巫术活动的记录。简介上这一笼统性的认识，是对的，不容置疑。

早期游牧民族抵御自然灾害的能力脆弱，现实生活与民族存亡必须寄托在人丁兴旺上。受原始人类思想的局限，要实现子孙繁衍、部落强盛，除了表现对生殖的崇拜外，注定要向外、向超现实力量表示自己的要求。另外，在原始社会生产力条件下，构想、创作这样规模与水准的岩画，绝不是一朝一夕能够完成的。如果没有一种信仰，也不可能凝聚起人力、财力和物力，就是在有信仰的前提下，也难以想象人们是如何一石一击、长年累月地刻画下来的。这一点确实让人感到奇怪。

当然，祈祷、巫术等活动，一定要找一个适宜的地方，让上苍或受祈者产生感应。记得《大戴礼记》中有一句话："丘陵为牡，溪谷为牝"，意思是山体是男性的象征，溪谷河川是女性的象征。再看岩画遗址的周边环境：突起的山峰，旷达的空间，清流的溪水，丰盈的河岸草场，充足温暖的阳光，应该是敬天礼地再理想不过的地方了。

三

岩画上人物形象的个性、象征和写真，几乎给人一种扑朔迷离、神秘玄灵的幻境感，体现出一种难以名状的美。可以肯定它的创造者已经有了美的概念和艺术追求。

岩画采用了阴刻、浅浮雕的方法，以曲线、三角、弧圆等几何图形构图。从人体刻画上看，女的细腰肥臀，体态柔美；男的宽肩窄腰，躯干粗犷、健硕。同时,注重面部五官部位的表现,脸型瘦长,眉弓发达,大眼、高鼻、小嘴,比例相当,形象逼真。尤其是对人眼睛的刻画,充满了夸张、想象,灼灼传神。

另外,岩画刻画了三百多个人物、动物,包括独立人像、服饰器具等,相互呼应,不繁杂,不零乱。其表现形式、审美观,与当下的抽象派、印象派和后现代派的艺术概念十分接近。回头一想,它形成于距今3000年以前,使用工具十分简陋,又是多次、重复制作,它是如何做到的,的确让人难以相信。

至于,为什么主图或是主要位置上的八位人物均是女性,而且她们都是欢乐、舞蹈状的形象?仅仅是"当时处于母系社会"这一概念性的解释吗?这些疑惑让我始终不得其解。除此以外,以图案解读原始社会的情况并不感到困难。

岩画善于抓住物象的基本形态,结构简化到不能再简的程度,没有细节刻画,没有过多装饰,却能描绘出一种形态上的真实,显示出鲜活的生命力。其实,单纯从艺术性角度来看,岩画启示人们削繁就简是一切形而上层面的不二法则。此时此刻,头脑里冒出来一个想法:写文章是不是也应该汲取岩画的创作观,关注与自己息息相关的事、真真实实的情感,力戒空洞无物、矫揉造作?果真如此,当不失为一次有益的借鉴与思考。

四

舞蹈、跳跃是岩画的主要表现形式。可以理解为,它记录了先民猎牧人载歌载舞的生活,或是人们将想象凝固在这幅岩画上了。

如果做选择题,我倾向于前者。这既是我理想中的生活,也是我在生活中得到的印证。为此,让我想起了一首诗歌和一项群众性娱乐活动。

一首诗歌是《诗经·简兮》。"简兮简兮,方将万舞。日之方中,在前上处。"解释为:鼓声擂得震天响,盛大歌舞要开场,正是红日当空照,舞蹈领队站前方。下一段是"山有榛,隰有苓。云谁之思? 西方美人。彼美人兮,西方之人兮"。用白话文讲:"高山上有榛树,低田苍耳绿油油。心里思念的人是谁? 四方舞师真英武。那英俊的男子啊,那是从西方来呀!"

诗歌中描绘的场面,与岩画所表现的内容十分贴切,都具有舞蹈、宏大和场地旷达等要素,这是一种巧合,还是二者有着天然联系? 一个是史前,一个则是春秋时代;一个地处黄河流域,一个远在西域天山山脉,画与诗竟然如此珠联璧合,的确令人费解! 但是,往往意料之外的事,都会在情理之中,诗歌在结尾告诉了答案:那英俊的男子啊,是从西方来呀!

凡到过南疆喀什、和田等地的人,无一不对当地群众的民族歌舞给予高度评价。那里是民族舞的发源地、故乡。民族舞让人们骄傲之余,究其魅力所在,很少会有人去做一些深究,我以往也是习以为常,不知其来源和传承。

通俗讲,南疆四地州地处高山、盆地、沙漠和草原之中,这些独特的地理环境,严酷的自然条件,让生存在这里的人们,祖祖辈辈经受着烈日炙烤、风沙袭击和冰雪严寒的考验。人们没法退却,也没有任何退路,只有独辟蹊径,适应客观,自然而然就造就了当地人一种积极、乐观的性格。人们善于把喜怒哀乐寄托在舞蹈和音乐之上。痛苦的时候、高兴的时候、丰收的时候,都会以歌舞庆祝。舞蹈和音乐是他们很好的宣泄情感的手段、方式,几乎成为生命中不可缺少的一部分,蔚然成风。于是,这一带被人们誉为"歌舞之乡"。

有近三十年的时间,我在那里生活,对当地人的性情、困顿和追求,有全面的了解,已经是人群中的一分子,一个不折不扣的边疆人。对于民族舞,我由当初的陌生、漠视,到旁观、融入,继而热衷和组织,渐渐地理解、喜爱了这一具有独特新疆风格的舞蹈。每当"咚锵锵"的鼓点敲起来，自己会情不自禁地抖动身体，挥动手臂，踮起脚尖，随着音乐的节奏旋转、跃动，尽情挥洒和陶醉于音乐之中。

只是，这十多年，我搬家到了省城，面对诸多压力，心思也搬到"事业"上了，兴趣爱好也逐渐向网络交际和追求名利上转移，民族舞的日子已恍若隔世！

费笔墨介绍这些，主要是源于我对民族舞的热爱和怀念。今天，在这里我有了新发现，对于岩画上先民舞蹈姿态相对眼熟，她们右大臂屈肘上举，小臂平抬；左大臂屈肘，小臂下垂；扭臂出胯，各种动作优雅，且有一定的难度。这些与当下民族舞的肢体动作十分接近，几乎是如出一辙。可不可以理解为，这里才是民族舞的根，是它的原始基因？

当然，机械地把岩画与《诗经》与民族舞衔接在一起，一定说远古西域文化在向东传播中影响了中原文化，一定说南疆乃至天山南北的民族舞源头在这里，缺少考古证据，仅仅推测是不行的，难以令人信服。我作为一个游览者、一个吃瓜群众偶发奇想可以，但绝对当不得真。但是，人们有一个共识，"万物皆有可能"，把它们联系起来，起码益大于弊。一方面，可以启示人们，文化、艺术是一切人类神奇魅力之所在；另一方面，展现了原始先民的生存状态，并没有随着时光流逝而远去，而是得到了延展和继承。

五

仰观岩画，我在崇敬之余，也心存惭愧。反观自己的生活，应该说物质、经济上是富裕的，但心里仍然有一些患得患失。究其原因，在数字化、网络化的今天，我们缺乏了古人的那种理想和浪漫主义情怀，多了几分功利和浮躁,弱在文化与精神追求上。

已近中午,岩画下的游人渐渐多了,有流连拍照的,有持笔写生的,也有三五成群沿着崖壁徒步游览的。远处雪山上浮起了云霭。归途中,我不时地回首,岩图已经模糊了,但是红红的崖壁,却在阳光照射下更加耀眼、耸立,并且凭借着光影雾气的作用,仿佛有了生命,在天地山峦之间舞动,像岩画人物一样活了过来。它不再是一座山,而是文化,是男女性情,是人类精神的底片和基因。

历史离我们很远,有时候又离我们很近。康家石门子,就让我从这里出发,回归守中抱一,把一些丢失的本性捡回来吧。好久没有挥挥胳膊、跺跺脚了,好久没有尽情地扭腰抖肩了,今晚我要轻松上阵,按照岩画传授的动作要领,把民族舞跳起来!

七月的菊花台

　　七月，南山菊花台穿上了盛装。山峦披绿，原野苍莽。蓝天、白云、草原和森林，当然还有小木屋和毡房。

　　按说，天山下的风景大体一样，但是它独具秀美，犹如哈萨克族少女婀娜修长。那通体绿色的纱裙上，印染不落地的花朵，还有连绵绿草的大地、耀眼的明黄。

　　为了欣赏这一韵达美景，为了逃避城市燥热，为了回眸往日的友谊与亲情，也是为了卸下体制规范的沉重，菊花台，我来了。隔天又来了。心情犹如贴着我鼻尖飞来飞去的山风。

　　挣脱城市繁杂，眼睛在这里被洗得清亮。高山之高的太阳，洒给我不温不火的光芒。旷野远到了天际，不再是文卷、铃声。高温湿闷被哗啦的松涛卷走，一份身心的惬意让神形悠闲、浪荡。连孩子都知道,乡野与城里不同,今天与昨天不同。

小草主宰着这里的一切,山菊苣肆意舒张周身的力量。夏风掠过,扑鼻是阵阵的清香。蓝天澄澈不见一丝纤尘,白云朵朵跟着羊群漂流,新鲜的空气顽皮地填充你每一片肺叶,心灵放飞在大山怀抱、田园风光。

看,谁在画画?它叫自然,你并不陌生。山脉的曲线编出一个画框,太阳、月亮、星辰布置了灯光,雪松的黛色渲染着背景,一部落的菊花成了主角儿,还有一队队旱獭不时入镜。大块羊肉、奶茶不输风头,惹得哈萨克族小伙子骑马追赶姑娘。只有低头吃草的牛马全不顾山百灵的歌声。

一双双山里人黑亮的眸子闪亮,随意嵌入甘沟乡的四野八荒。

登上了山顶,是无尽的台地、沟壑。草覆盖了山,山与大山相连,风景连通风景,少不了冬牧场的木房子与放夏草人的毡房。那里有面带微笑与高原红的汉子,年轻俊俏的婆娘。

小草、鲜花的海洋。大山与哈萨克人的怀抱。唯有这里,这一台地的黄菊芋、蓝菊苣,让我一次次见识了什么叫新疆的草原,为什么它的母亲名字喊为天山牧场。

七月的菊花台我们来了又来,带着膜拜者的虔诚,带着好奇者的夙愿,带着洗净污浊的梦寐,穿越一切一切的羁绊,走了进去,我们也被绣成了鲜活的丹青画卷。

观　雨

　　我太喜欢雨了。

　　无论是零星小雨、绵绵细雨、霏霏梅雨，甚至台风带来的暴风骤雨，都会令我兴奋不已。除了在雨中漫步、四处云游之外，站在高处赏雨，也是一个绝妙的主意。

　　这么说肯定让南方地区受过梅雨、暴雨侵扰者嗤之以鼻。可是，我生活在喀什，平均年降水量只有十几毫米，个别年份竟然四季无雨。因干旱燥热产生的问题绝不是"困难"两个字能概括的。这是我向往南方的原因之一。

　　6月的岭南渐入雨季。雨仿佛知道我的期待，一家老小在轰轰隆隆中如约而至。来了，还恋上了杨梅，连天淅淅沥沥，淋湿了人，浇灌了地，把天空洗得干净透彻。我原本是来办事的，雨下得出不了门，只有"独上高楼"，喝茶、懒散着读书,享受雨带来的欢悦与休息。

楼下是一棵棵香樟树,不但高大而且枝叶繁茂。大树窜过了二层,像是楼前挂了一道绿帘子。略小棵的树冠如一把伞,从上面看密密匝匝的,把楼道门都遮挡了。远处江畔的坡地上长满了杨梅、木瓜和番石榴树,与江水形成了两道横流,一道波光粼粼,一道青绿静谧。

下雨时,江畔树林最先冒起烟,随后便湮没在烟雨蒙蒙之中。楼下的香樟树却在雨水洗涤下,枝条叶面洁净,越发绿得浓郁、鲜亮。

入梅天却是香樟入眼。雨点稀疏时,树叶一个一个承接雨水。一个雨滴打下来,一片树叶弯下腰;一片树叶弹起来,又有一串雨点打下来,此起彼伏,像一群玩水戏浪的青蛙。雨大了,树叶便紧贴枝干缩成一个个刺猬棒,任凭雨水洗刷。树枝挂上了一个个小水幕,或断链落下,或沿着枝条流向树根,注入长满花草的红土地。强降雨,雨水像瓢泼一样冲击,树叶便倒垂在枝干下,整棵树像挂满一道道旗帜的舰船,无奈沮丧地在那里漂浮。一旦雨水小了,树叶很快恢复天性,伴随着点点滴滴的雨滴,一个个又跳跃起来。

树与雨乘着风,在雷声的喝彩下互相纠缠。这时,如果将树比喻为一架琴,那一片片叶子注定是琴键,树枝是琴股、琴弦,雨则变身为一位演奏大师。它用灵巧的手,弹奏出一曲曲无序的乐章。节奏时而短暂,时而舒缓,自然流畅,让我理解了两个字——天籁。

环顾四周,我发现其他人家的阳台也站满了人,但他们不像我端一个茶杯吊儿郎当,而是人人捧着书,或接打着电话。只要雨有片刻停歇,他们便像一个个叶子般焕发活力,从阳台上消失。人习惯了雨,雨中生活是一种常态,自不觉得特别。

如果将人比喻为树,那辛勤付出则是树上的嫩叶、初蕾,风雨后注定开花结果。同理,人生经历各种环境的历练,才能趋向心智成熟。正如香樟树在梅雨的冲刷、浇灌下，蓄足了生长气力，不仅会长成栋梁之材，还会一路散发沁人心脾的芬芳。水生木，木生火，人是时代环境的"产品"，应该是这个道理。

我已步入中年，上有老下有小，自己也有许多愿景，肩膀与脑筋自不会轻松。个人素质、能力怎样？精神状态又如何？能不能适应现阶段社会发展、生活生存的需要？事实上不尽如人意。底子薄是肯定的，一度也曾在学习上下过功夫。只是当下读书少了，心思有了分散，拼劲也减了几分，还添了登高怕跌跤，游泳怕呛水的"毛病"。想到这些，心里滋生了一种恐慌。不是经济与生活上的恐慌，而是知识恐慌、本领恐慌。感慨：日子过得太快。

雨间歇了，久违的太阳露出了笑面。一群鸟儿不知道从什么地方钻了出来，从这棵树飞到那棵树，转而又鸣叫着飞回来，到处都是它们的声音。这时，我发现了一种奇特的现象：鸟背在光线映射下，那平展的翅膀，长长的尾羽，构成了一幅色彩斑斓的画卷，像是镶满宝石的片片彩云，折射出闪烁耀眼的光芒，给人一种惊艳而醉心的美丽。

蛙　声

才睡了一会儿,就被一阵"嘁嘁嘁、呱呱呱"的喧嚣声吵醒了,我很无奈。一时无法再入睡,就披衣坐了起来。摸了摸电灯开关,没有摸到,夜里冷又不愿意身体挪窝,索性算了。

半眯着眼睛坐了一会儿,微光慢慢从窗帘透过来,有了方位感,身体也松弛了,这时才听清楚,制造这一动静的是风雨中的一群蛙。

心里犯嘀咕:大冬天哪来的蛙呀?

古人讲:"立夏,一候蝼蝈鸣。"入夏方可听到蝼蛄、蟋蟀和青蛙在田间的鸣叫声。如今雨水刚过,我觉得不大能够听到。哦,睡蒙了,这里是岭南,我不能按照北方的四时八节来判断天候了。

睡眠是耽误了，蛙声听与不听也没得选择，相对于半夜电话铃声的惊心，彻夜车轮子碾压马路的震颤，还算是不错。尤其是在冬天沉闷的夜里，睡了又睡的当下，蛙声不失为一种有趣。

古诗词中有许多描绘蛙声的句子："蛙声篱落下，草色户庭间""雨过浮萍合，蛙声满四邻"等，一直受我推崇。不仅描写准确，有画面感，而且韵味十足。现在许多文章、地方用白话文注释，读了总觉得不尽诗意，难脱"是那回事儿，不是那个味儿"的窠臼。宋代辛幼安的词句"稻花香里说丰年，听取蛙声一片"将蛙声重，预示雨水充沛，五谷丰登，化成了一种精神寄托，也是一种境界。为什么这么说？王国维断定："意境为上，通达其次。"

虽说文字蛙声的植景、造境非常美妙，有意会之神趣，但它仍源于客观存在，与生活不隔也不远。

夏天，当太阳一落山，黄昏的薄霭像轻纱一样笼罩着田野的时候，蛙声的嗓门便逐渐高起来了。水田、池塘边，几乎夜夜蛙声。暴雨来临，或是风煞了，雨住了，青蛙们会兴奋不已，激情燃烧。这种扯开嗓子，"呱呱、哇哇"放肆地叫，农村俗称为"搅天气""闹坑"。在乡村生活的人，对这一种场景应该十分熟悉。

蛙声是夏天动听的乐章，水则是青蛙温馨的家。

从夜里声音来讲，我认为："蛐蛐、蛐蛐"的蟋蟀叫，最让人赏心悦目。蝉的"知了，知了"，早晨尚好，夜间再这么尖锐，一个频率，长时间的叫，让人有种了十面埋伏的焦躁感。人打呼噜的鼾声，轻微的无伤大雅，一旦遭遇厉害的主儿，注定要"丢了一个又一个夜晚"。鸟的夜啼，无论是黄鹂，还是值更和鸥鹭再怎么动听，都会给人一种孤独、寂寥、凄苦的感受。夜莺不曾听到过，乌鸦、夜猫子更不能提，不用被子蒙头不足以安心。相比之下，蛙声的"呱呱，哇哇"似乎单调、混杂些，却是众多发响的上乘。

当然，蛙的品种林林总总，叫声也是多种多样，好歹不一，况且人们的喜恶也不一样。

那年，大概是七月份，我第一次到东北延边探亲，住在堂哥家靠山脚、河边的平房院子里。三伏天也睡热炕。夜里热得睡不踏实，听到外面"吱吱吱、嘁嘁嘁"的连续叫声，偶尔还有一两声，似乎婴儿呢喃的轻语。

起初，我认为是一种鸟叫，或是草虫振翅的声音，又觉得不是。第二天，跟哥嫂说了，她们一脸茫然，说从未听到过，猜测："是杜鹃鸟？是知了？"

直到几天后的夜间，哥哥进屋把我推醒，指着漆黑的夜，问："是这个声音吗？"我揉着眼睛点头。"林蛙。"他笑着肯定地说。那似乎小孩叫的，是林蛙求偶成功的欢愉声。

正是这一次，让我知道了蛙不仅限于青蛙、蛤蟆两种，蛙外还有"蛙"。也正是这一次，从哥哥家出来，我到延吉参加公务活动，午饭时间我正笑谈林蛙"叫床"的新鲜事，就端上来了一盘白花花的"雪蛤木瓜"，一锅黑乎乎的"乱炖林蛙"。顿时，让我有种窒息的感觉，差一点把早餐吐出来。

自此以后，凡出差、探亲访友、旅行观光不惧平淡、落寞、简朴，反而担心主人家待客"热情"，食不厌精，否则使人防不胜防，步步惊心。我这么说，不是因为当前吃野味人人喊打，猪鼻子插大葱故意"装相"，也与信仰追求、思想觉悟和忌惮舆论没有一点关系。不是为了提倡奉行自然至上、素食主义。理由十分简单：从小养成的饮食习惯。

窗外仍然刮着风，下着雨，蛙借风势，雨壮蛙威，林蛙、雨蛙和树蛙齐声合唱，充满了田野的纯粹气息。但我困了累了，虽说没有赵师秀"青草池塘处处蛙"约客等人的心焦，确是体验了一把王子猷"雪夜访戴"兴尽而返的瞌睡。倒头躺下，枕着蛙鸣声声入梦。

菊花台下雨，菊花台晴天

我一直喜欢南山菊花台的夏天。

那里，山顶平坦，谷地宽泛，一道道梁一道道沟绵绵延伸。每年夏季蓝天白云下，松林、草地绿茵茵的，黄的花篮的花红白的花开遍山野。轻风中是那一份揉掺着花香与清爽的气息，最使人牵魂绕梦。

今年夏天，热得有些晚。才有几天晴，便是一阵雨。我心里一直打鼓，人都不感觉热，估计山上的菊花注定要迟开了。花讯了无痕迹。菊花台近在眼前，又那么的迢递，让我焦急地翘首以待。

周日天气闷热，爱人提出到外面转转，就开车直接到了菊花台。才入山中，一股凉爽扑面而来，森林层层叠叠，草场像绿绒地毯一样在前方铺展开，仿佛野菊花的味道都嗅到了。

还没有上到台面，忽然下起了雨。夏天的雨总是随心所欲。刚刚还是晴天，一会儿工夫就撂下脸子，甩手就来了。正如苏东坡诗句，"水光潋滟晴方好，山色空蒙雨亦奇"。我不禁自言自语："六月天，情人脸。"她从后座伸过头来问："什么脸?"我忙改口，"六月天，小孩脸，说变就变"。"老男人，油腔滑调。"她笑着丢过来一句话。

雨时急时缓，夹持着山风，无拘无束地下。停下车，放空一下。雨丝在车窗玻璃上画出一道道流痕，疏落地溅射出一朵朵雨花，像一位童稚的画家在写意一幅水墨画。这种无序的美是雨的杰作，使人不忍心开雨刮器，就这么看着、看着，唯恐惊跑雨艺术创作的灵感，也怕惊吓了自己的梦。

"怎么办?"等了一阵，我问。她胸有成竹地说："去农家乐自助烧烤。"

农舍十分冷清。在屋檐下我支起烤架烧炭，她在厨房串羊肉，洗蔬菜。火慢慢地烧旺了，我拨拉开木炭条，一半烤羊肉串，一半架上铁网摆辣椒、蘑菇。见她出出进进仍然披着衣服，碍手碍脚的，就喊她快拿下来。刚才，在菜市场买食材时，她将上衣披在头上，挑选东西时用袖子擦拭眼镜和手机，像挂着一扇布帘子，惹得卖菜的哈萨克族小媳妇捂着嘴笑。

雨一直下，屋檐前水流成帘，忽忽飒飒。此时，我记起了少年时的雨季，与父母同坐在屋檐下，我就是这么看着，莫名地开心。全然不觉父亲担心地里小麦倒秧，母亲为缺少烧饭干柴的惆怅。风大了，零散的雨点落在我短袖衫外的胳膊上，一股清凉舒缓地融进了肌肤。天地雨水，远山迷蒙，屋檐下炊烟。"自助农家乐"自在如家，乐在轻松，也在于节俭。

隔天，我们又来了。是的，人总是要走出来的。腻歪在家里，好机会好风光肯定不会送上门，多上来一两趟菊花自然就开了。退一步，哪怕是再遭遇一场雨，或者仅仅是菊花未央的景色，又有何妨?

菊花台不是周杰伦的歌，是位于乌鲁木齐南郊甘沟乡的天山草原牧场。它地处天山北脉的南支，海拔2000~2400米，面积约500公顷。占着北方湿润气候的优势，冬季多雪，夏季雨水频繁。森林腐化土壤在雪山溪流的滋养下，草木茂盛、野生动物多样。虽说是牧场，是景区，距离市区仅有50公里，高速公路通达山下，不到一小时车程，来去便捷。

今天果然是难得的大晴天，而且野菊花也开了。

天空湛蓝高远，大大的太阳挂在天山慕士塔格峰之上。阳光将白云、雪山的影子投射下来，在绿草上一浪一浪款款流动。山坡一片金黄，灿若繁星，流芳溢彩。黄花山菊、兰花苣菊主宰着这里的一切。一个个游人蹲坐在花中，或躺在草地上，与其说是拍照，不如说是扑进了花的海洋，草的胸怀，肆意在大自然营造的童话世界里。

景色惹人，我与爱人沿着山谷在草地上行走，拿着一个马鞭子玩耍，上上下下。夏风掠过，阵阵的清香扑鼻而来，空气清新得让人不由得深呼吸。

不远处，一个草坡上架了一个自拍杆，几个女的喊着一二跳。跳起来大大地伸展，纱巾飞翔，落到地上还咯咯不停地笑。不时遇到一群一群低头啃草的牛羊，在放牧人的吆喝下，"哞哞，咩咩"地叫着，并不为我们走近而惶恐。视线投向远处，森林覆盖着山峦，苍莽冷峻，起伏跌宕横贯东西，像倒挂的海，形成了一脉绿色的屏障。纵深远播，明暗清晰。底下，分布着牧民的小木屋和白顶毡房。

走近一户牧民家，毡房门敞开着，旁边木杆架子上苦盖着土布，晾晒着一层奶疙瘩。嗅一下，奶味浓郁，掰开一块放嘴里嚼一下，略有微酸。如果泡入奶茶中一定味道醇厚。

"老乡，老乡。"我大声向毡房里喊人。准备买上一些带回家。

房里不见动静。一只黄狗从沟底跑上来，蹲在架子边上，摇着尾巴盯着我们不吭一声。她有点怕狗，拉我胳膊催促离开，走了好远，还回头张望架子上的奶疙瘩。

回到牧家聚集点,钻进一个牧民毡房,一个个哈萨克族式的笑脸迎面而来。切开一个哈密瓜,一牙一牙抱着吃,沏开奶茶悠悠地喝,这时才感到腿有一点酸了。算一下山前坡后这么一走,足有几公里路。菊花台的花美不胜收,走在清凉台面上,也别有一番况味。天色渐晚,太阳醉蒙蒙地向菊花台后山走去,一台面的菊花在漫天霞辉的映照下一片绯红。是啊! 如果要我赞美夏天,那一定是"菊花台下雨,菊花台晴天"。

后　记

　　我与许多人一样,是这个时代的受益者,是一切社会实践活动的参与者。

　　在天山脚下或者南疆喀什的边境线上工作生活多年,人难免想写些什么,这里是"远方",所以需要诗。一直认为,新疆的阳光和土地对我有着特殊的意义,从踏上这里的第一天起,我的人生随着改革开放带给中国从南到北的巨大变化而不断变化,我所关注的宏大叙事的背后,有许多温暖小故事,都无关风月,只讲述岁月和心境。

　　这本书里所写的故事,是曾经发生在我和父母家人身上的琐碎,是我在新疆工作生活所见所闻的日常,是大到人生命运,小到一株小草的体悟,是许许多多几乎被忘记又在写作时被我从记忆深处打捞到阳光下的温暖,我把这些都写进了这本书里。于是，书里的那些人和那些事，那些鼠尾草和沙枣，母亲的金银花和父亲的茉莉花茶，都渐渐融入我的乡愁里。

阅读和书写是我精心的日常。

不可否认，在书写、整理这个文集的过程中，我有了一些新的认识：个人的自我成长，离不开社会和群体，离不开家庭与生活，更离不开一套完整清晰的价值体系。应该讲，虽说公开这些文章明显属于一种冒失轻率，但是通过介绍自己、袒露问题、交流思想，而接受批评指导和监督，也不失为一种汲取和"反刍"。

希望这本书能使您看到另一个新疆和另一个我，若是对您有一点借鉴作用，那更是我回报社会的另一种愿望。

在此，感谢这本书写到的所有人和生命，感谢所有为这本书的出版付出辛勤劳动的老师和朋友。